빈 점포 있습니다

AKI TENPO (YUREI TSUKI) ARIMASU

Copyright © Katsuo Sasaki 2017
Korean translation rights arranged with GENTOSHA INC.
through Japan UNI Agency, Inc., Tokyo

빈 점포 있습니다

사사키 가쓰오 지음
김지연 옮김

소미미디어
Somy Media

차례

프롤로그

유령이요?

에이, 무슨 말씀입니까? 그런 건 다 헛소문이니까 신경 쓰지 마세요.

저는 본 적이 없거든요.

그보다 오늘은 방문해주셔서 감사합니다.

저는 이 빌딩 '스카이 카사 무사시코가네이'의 주인인 가모 시타라고 합니다.

제가 이 빌딩의 주인이 된 지도 15년이 넘었네요. 월급쟁이로 살다가 돌아가신 아버지께 이 빌딩을 물려받으면서 쉰 살에 퇴직을 했지요. 그 뒤로 계속 가업을 잇고 있다 이 말입니다. 덥수룩했던 머리도 이렇게 되어버리고, 적적한 은퇴 생활을 보내고 있어요. ……아, 쓸데없는 소리가 길었네요. 아하하.

그나저나 여기를 맘에 들어 해주시니 잘되었네요.

지은 지 50년이 넘은 오래된 빌딩이지만 각 층의 내부를 2년 전에 전면 리모델링했답니다. 보시는 대로 새 건물이나 마찬가지…는 좀 과장이라고 하시겠지만, 지은 지 오 년 남짓 된 빌딩과 비교해도 뒤지지 않게 반짝반짝하지요.

가까운 역도 나쁘지 않아요. 뭐니 뭐니 해도 무사시코가네이는 다 재개발이 되었어요. '무사코'라고 하면 무사시코스기라느니 무사시코야마라느니 이런저런 소리들을 하지만 중앙선을 자주 타는 사람이라면 당연히 무사시코가네이를 떠올리겠죠.

고가가 있는 최신식 역을 보셨겠지요. 제가 젊었을 적에는 삼각 지붕의 목조로 지어진 역사였습니다. 지금은 세련된 가게들도 들어와서 정말 보기 좋아요. 역 앞 로터리도 넓고 이웃인 고쿠분지, 아니 기치조지에도 밀리지 않는 훌륭한 역입니다.

저희 건물은 그 무사시코가네이역에서 걸어서 3분. 남북으로 이어지는 고가네이 대로변에 있습니다. 그러다 보니 자동차 소음이 신경 쓰이는 입지이기는 합니다. 모든 점포가 북향이지만 주위에 큰 아파트나 빌딩은 없으니까 채광은 충분히 잘 들어오는…… 아, 그건 이미 확인하셨지요.

그리고 무엇보다도 이번에 임대료를 매우 저렴하게 해드렸으니까요. 계약하는 세입자는 굉장히 운이 좋으신 겁니다. 그도 그럴 것이 보통 월 12만 엔인 임대료가 반값인 6만 엔이지 않습니까.

알아보고 오셨겠지만 도쿄에서 같은 조건으로 월 6만 엔짜리 물건을 찾는 건 여간 힘든 일이 아닙니다. 그걸 중앙선으로 신주쿠에서 20분 거리인 무사시코가네이에 구할 수 있는 거니까요. 이렇게 거저먹는 이야기는 달리 없죠. 아하하하……하, 하하.

——아직도 그 소문을 신경 쓰고 계시는군요.

네네, 알죠. 알고말고요. 그 때문에 저렴하게 임대료를 깎아드리는 거니까요.

질 나쁜 녀석들이 퍼뜨린 소문이라고 생각은 하지만 이전 세입자분들이 '봤다'고 하시니 집주인인 제가 할 수 있는 대응을 하는 겁니다. 부적을 쓰고 불제를 지내도 소문은 사라지지 않더군요.

오히려 몇 년 전부터 건물 이름까지는 밝혀지지 않았지만 인터넷에 소문이 쫙 퍼져서요. 세입자가 겁을 먹고 나간 이후로 다음 세입자가 들어오지 않게 되어버렸어요. 정신을 차려보니 모든 층이 반년 이상 비어 있는 건물이 되어버린 겁니다. 이래서야 가만있을 수가 있나요. 이러다가 거덜 나게 생겼는데요. 아니면 제가 목 매달고 유령이 될지도 모르고…… 뭐 이건 질 나쁜 농담이지만 그 정도로 벼랑 끝까지 몰렸다 이 말입니다.

그래서 중계를 맡은 부동산과 상의해서 결정한 것이 이번의 저렴한 집세 세일입니다.

그래서 '유령 붙은'이라는 농담 같은 조건을 붙인 거지요.

저희도 이런 조건을 받아들이는 세입자가 과연 있으려나 싶어서 반신반의 했지만 기쁘게도 다섯 개 층 중에서 네 개의 층이 계약되었습니다. 이렇게 되니 솔직히 기쁘기도 하고 신기하기도 하네요.

──휴우, 그 유령 이야기를 자세히 듣고 싶으시다고요.

거듭 말씀드리지만 저는 본 적이 없기 때문에 아무것도 말해드릴 게 없네요.

그도 그렇지 않습니까. 일부러 자기 건물의 유령을 자랑하는 집주인이 있을 리가 없지요. 그렇다 보니 나가버린 세입자들에게 들은 게 전부이긴 하지만…….

작은 여자아이가 갑자기 불쑥 나타난다고 하더군요.

그것도 세입자가 혼자 있을 때만요.

그 이상은 놀라서 기억하지 못하는 것 같지만 나쁜 짓을 하는 것도 아닌 것 같고. 동북 지방에 그런 거 있잖아요. 자시키와라시(사는 집에 복을 가져다준다는 일본의 신, 좌부동자라고도 한다.)라든가. 그런 녀석이 있으면 집이 번창한다는 말도 있으니 괜찮지 않겠습니까.

아, 아뇨아뇨. 저는 그런 거 믿지 않습니다.

이 장소는 전쟁 전까지는 농지였다고 합니다. 역이 생기고 나서 공장이 들어섰다고 아버지께 들었어요. 고가네이시가 베드타운이 되면서 오십 년 전에 빌딩이 들어서기 시작했다고 하죠.

저는 고가네이에서 나고 자랐지만 이 근처에서 어린 여자애가 사라졌다는 사건사고는 들어본 적이 없군요.

계약해주시는 분들은 '유령 붙은'이라는 조건을 양해해주셨으니까 유령 같은 건 신경 쓰지 않거나, 또는 오히려 그런 것에 흥미를 갖는 분이 들어오시더라고요.

혹시라도 그 아이를 만나게 되면 왜 굳이 이 빌딩에 있는 건지, 물어봐주세요.

자꾸 같은 소릴 반복하게 됩니다만 저는 본 적이 없고, 믿지도 않으니까요.

제1화

이치노세 고서점

1

그 작은 손님이 유령일 거라고는 이치노세 다쓰야도 생각하
지 못했다.

염원하던 고서점을 시작하는 기념할 만한 첫날. 개점준비를
마치고 셔터를 올린 때가 오전 11시를 살짝 지난 시간이었다.

기념비적인 첫 번째 손님은 어떤 사람일까.

누가 오느냐에 따라 앞으로 가게의 운명이 결정될지도 모
른다.

그런 생각을 하면서 할아버지인 게이치로가 남긴 '고서점 노
트'에 시선을 떨어뜨렸다.

그러다 문득 기척이 느껴져 가게 안으로 시선을 돌리니 어느
새 그 여자아이가 있었다.

"어서 오세……."

아, 아니아니. 여기는 고서점이니까 주인은 아무 말도 하지 않고 가게 안쪽에 가만히 앉아 있으면 된다. 다쓰야는 자신에게 그런 충고를 들려주면서 다시 한번 첫 손님을 살펴보았다.

아직 학교도 다니지 않을 듯한 어린 여자아이였다.

지금은 평일 오전이니 초등학생이라면 수업 중일 테지.

하지만 유치원은 안 가는 걸까. 이 시간에 아이가 여기 있는 건 이상하다.

어, 혹시 그 소문의…….

다쓰야는 눈을 깜빡이며 소녀를 응시했다.

아냐아냐아냐, 아무리 그래도 이렇게 대담하게 등장하는 유령은 없어. 햇살을 가득 받으며 또렷하고 선명하게 모습을 드러내고 고서점을 구경한다니, 들어본 적도 없다. 유령이라면 유령답게 어둑한 장소에서 덧없이 부옇게 나타나야 하는 거잖아. 저건 어딜 봐도 살아 있는 인간이다.

그런데 저 아이는 어째서 혼자 있는 거지.

고가네이는 도쿄 교외의 베드타운이다. 평일 점심때 가게 앞을 지나다니는 사람은 근처 종합병원을 이용하는 노인들이나 어린 아이를 데리고 다니는 엄마들이 대다수였다.

다쓰야는 추측해보았다.

저 소녀는 엄마와 함께 친척의 병문안을 가고 있었다. 대각

선 앞쪽에 있는 슈퍼에 엄마가 문병 선물로 과일이라도 사려고 들어간다. 고서점이 있는 것을 본 아이가 '저기 구경해도 돼?' 하고 엄마에게 허락을 받은 뒤 이치노세 고서점의 손님 제1호가 되어 주었다.

그런 게 아닐까 다쓰야는 멋대로 상상했다.

소녀는 가게에 들어와 바로 왼쪽 책꽂이에 늘어선 오래된 만화 잡지를 열심히 읽고 있었다. 만화를 좋아하는 자신이 어릴 때부터 모아온 것이 반 정도, 나머지는 인터넷에서 주문해서 모은 1970~1980년대 추억의 만화 잡지들이다.

그 세대 사람이라면 가게 앞에서 이 잡지들을 보고 '오!' 하고 가게 안으로 끌려 들어오지 않을까. 그런 전략이었지만 이렇게 어린애가 미끼를 물 줄이야, 재미있군.

드르르륵 새시 문이 열리는 소리가 났다.

"이치노세 씨."

"아, 안녕하세요."

목소리가 들린 쪽을 보고 다쓰야는 일어섰다.

이치노세 고서점은 10평 정도 되는 실내의 중앙에 큰 책장을 놓아 반으로 구획을 나누어 좌우에 2개의 동선이 생기도록 만들어놓았다. 여자아이가 있는 쪽은 만화나 잡지 등이 있는 컬쳐 계열이고 반대편은 학술서, 미술서 등 어려운 책들이 꽂혀 있다.

옅은 갈색으로 변색된 딱딱한 책표지 사이로 이 빌딩의 주인인 가모시타 씨가 들어왔다.

"오픈 축하합니다. 어떤 느낌의 가게일지 궁금해서요."

"감사합니다."

다쓰야는 '앉으세요' 하고 가모시타 씨에게 손님용 둥근 보조 의자를 권했다.

"아뇨, 괜찮습니다. 잠깐 들여다보고 갈게요. 이제 곧 2층 세입자분이 오신다고 해서 위에 올라가봐야 해요. ……그리고 이거."

그렇게 말하며 가모시타 씨가 작은 가방에 손을 넣었다.

"별것 아니지만 개점 축하 선물입니다."

가모시타 씨가 미소를 띤 채 떠맡기듯이 축의금 봉투를 건네주었다.

"어휴, 괜찮습니다. 저야말로 파격적인 금액으로 세를 주셔서 감사할 따름이죠. 그렇게까지 신경 써주지 않으셔도 괜찮습니다. 그냥 마음만 받겠습니다."

"괜찮다니까. 나야말로 세를 들어와준 것만으로도 고마운데요. 앞으로 오래오래 잘 부탁해요. 내 마음이라고 생각하고, 자."

이 이상 거절하다간 집주인의 심기를 거스르겠다 싶어서 다쓰야는 '휴우' 한숨을 쉬면서도 선물을 받아들었다.

"그건 그렇고 이치노세 씨는 참 훌륭하시네요."

가모시타는 이리저리 가게 안을 둘러보았다.

"이십 대에 고서점의 주인이 되다니 처음에는 특이한 사람이구나 싶었는데 말이죠. 소문을 들어보니 할아버지의 일을 이어받으려고 회사도 그만두고 개업을 하셨다고요. 효심이 깊은 손자네요. 음, 훌륭해요."

쑥스럽지만 틀린 이야기도 아니라서 다쓰야는 '네에, 뭐 그렇죠' 하고 대답을 했다.

이십오 년 전에 돌아가신 다쓰야의 할아버지는 이웃 동네에서 고서점을 운영하셨다. 지금 가게에 있는 어려워 보이는 책은 대부분 할아버지가 자택 창고에 남겨준 것들이다.

"그도 그렇게 나같이 머리가 굳은 영감이 생각하기에 고서점이라고 하면 진보초(일본의 유명한 고서점 거리) 같은 데에서 성미가 까다로워 보이는 주인장이 책에 파묻혀 있는 가게라는 이미지가 있어서 말이지요. 무사시코가네이역 근처에서 당신같이 젊은 사람이 고서점을 연다니까 솔직히 의외라고 생각했어요."

"뭐, 확실히 고서점이라고 하면 진보초가 유명하죠. 아니면 대학 근처라든가요. 하지만 최근에는 비교적 젊은 사람도 고서점을 개업하는 경우가 있긴 합니다. 니시오기쿠보라든가 고쿠분지 같은 곳에 말이죠."

"그런 데서 열 생각은 없었고?"

"어쩌겠습니까, 자본금이 없는걸요. 그래도 여기에 세를 얻은 덕분에 겨우 시작해보자는 결심이 섰습니다. 가모시타 씨껜 정말로 감사하고 있습니다."

"에이, 쑥스럽구만."

싫지만은 않은 표정으로 가모시타 씨가 숱 없는 머리를 긁적였다.

"그런 말을 들으니 집주인으로서는 더없이 행복하구만. 조급하게 굴지 말고 꾸준히 장사를 해보게나. 여기는 좋은 손님이 많으니까 계속 해나갈 수 있을걸세. 열심히 해보라고. 어서 첫손님이 오면 좋겠어."

"손님이라면 지금……, 아."

다쓰야는 말을 잇지 못했다.

어느새 여자아이는 사라지고 없었다.

"왜 그러는가?"

"아니, 그게……. 아닙니다."

여기서 여자아이가 없어졌다고 소란을 피우면 가모시타 씨는 다시 유령 소동에 대한 푸념을 늘어놓을 거라 생각해 다쓰야는 곧바로 그런 어른스러운 판단을 내렸다. 게다가 생각해보면 이야기에 빠져 있는 사이에 어머니가 데려갔을지도 모를 일이다.

지금은 화제를 바꾸는 게 좋을 것 같다.

"가모시타 씨도 이용해주세요. 특별 할인가로 모시겠습니다."

"고맙구만. 나는 옛날 책에는 안목이 없어서 말이야."

"그러시면 저기 있는 이케나미 쇼타로나 후지사와 슈헤이의

문고본은 어떠십니까. 마음에 드는 걸로 몇 권 가져가세요. 선물에 대한 답례로 드리겠습니다."

"어, 그래도 되나."

싱글벙글 좋아하는 가모시타 씨.

그 뒤로 그림자가 스륵 움직였다. 다행히 여자아이는 아니다. 빌딩을 올라가는 계단 쪽 가게 옆의 좁은 통로에 머리가 긴 여성이 들어선 것이다. 다음 주부터 2층에 카페가 개장한다고 들었으니 그 가게의 주인인 듯, 구두 소리가 들렸다.

"오, 2층 세입자가 오신 것 같네. 그럼 책은 다음에 가져감세."

가모시타 씨가 출구로 향하더니 드르륵 새시 문을 옆으로 밀고 나갔다.

가게 안에 정적이 돌아왔다.

다쓰야는 무언가 깨달은 듯 '음' 하고 고개를 끄덕였다.

이 가게의 입구는 자동문이 아니라 옆으로 밀어 여는 새시 문이다. 그것도 이 가게를 선택한 이유 중의 하나였다. 새시 문 소리를 듣고 손님이 드나드는 것을 확인할 수 있기 때문이다.

즉, 가모시타 씨가 올 때 이외에 드르륵 소리가 난 적이 한 번도 없었으니까……

후우, 다쓰야는 긴 한숨을 내쉬고 점내를 둘러보았다.

소리 내 불러본다.

"애야. 나와보렴. 공짜로 본다고 뭐라 하지 않을 테니까."

한껏 다정하게 무섭지 않은 톤으로 허공에 말을 걸었다.

다쓰야는 다시금 가게 안을 돌아보았다. 돌아본다고 해도 10평 남짓의 좁은 공간이다. 고개를 약간 좌우로 돌리는 것만으로도 한눈에 들어온다.

"나는 널 무서워하지 않아. 괜찮아."

유령에게 '무섭지 않다'고 선언하는 것도 웃기는군.

"정말……로?"

바로 아래서 목소리가 들려와 다쓰야는 조금 움찔했다.

──안 되지 안 돼. 무서워하지 않는다고 말했잖아.

등잔 밑이 어둡다더니.

허리께에서 불안한 표정으로 올려다보는 여자아이가 있었다.

"무, 무서워하지 않지만……그렇게 가까이에서 갑자기 나타나면 놀라잖니. ……근데 너, 나타났다 사라졌다 할 수 있구나."

"할 수 있어. 자, 봐봐."

자신 있게 말하더니 전등이 깜빡이는 것처럼 여자아이의 모습이 나타났다 사라졌다, 나타났다 사라졌다…….

이 유령 대체 뭐지. 인간 같지 않은 귀신의 특기를 거리낌 없이 자랑하고 있다. 그러고 보니 아까 봤을 때도 생각했지만 유령이란 게 이렇게 뚜렷하게 모습을 나타낼 수 있는 건가? 유령이란 존재에 대한 자신의 유령관이 크게 바뀌었다. 근데 '유령

관'이라는 단어가 있나?

"아저씨는 이 가게의 주인인 거죠."

"그렇단다. 아, 하지만 아저씨라고 부르지는 마. 아직 스물아홉밖에 안됐는데 아저씨라고 부른 건 네가 처음이야. 가능하면 오빠라고 불러주지 않을래?"

"네네, 오빠라고 부르면 되는 거죠. 까다롭긴."

"귀여운 얼굴로 할 말은 다 하는구나."

만담이라도 하는 것처럼 소녀와 말을 주고받던 다쓰야는 어느새 침착함을 되찾았다.

계약할 때부터 '유령 붙은'이라는 조건이 있었는데 이제 와서 무슨 말을 하랴.

게다가 이렇게 귀여운 소녀의 유령이라면 전혀 무섭지 않았다.

소녀는 키가 일 미터 정도 되어 보였다. 까만 머리를 양 갈래로 묶고 둥근 칼라가 달린 새하얀 블라우스에 핑크색 카디건을 입었다. 하의는 무릎까지 오는 빨간 체크무늬 스커트에 하얀색 반 스타킹을 신고 있다. 그래, 확실히 요즘 패션은 아니군.

"아리사는 계속 혼자서 이 빌딩에 있었어. 전에는 약국이나, 술집이나, 학원 같은 게 있었는데 다들 없어져버렸어."

아리사라고 하는구나. 그건 그렇고 꽤나 붙임성 있는 유령이네.

"외로웠겠네, 아리사."

"그래도 새로운 가게가 생겨서 기뻐."

"그렇게 말해줘서 나도 기뻐."

"저기 오빠."

그렇게 말하고 아리사는 방금 나타났던 곳으로 돌아갔다.

"여기 있는 책은 다 만화인 거지."

"맞아. 오빠가 어릴 때 읽던 책이 잔뜩 있어."

"〈점프〉나 〈챔피언〉은 남자애들 만화잖아. 여자애들 만화는 없어?"

"아아."

그렇구나. 하고 다쓰야는 한 수 배운 느낌을 받았다. 만화는 남자애들만의 특권이 아니었다. 오히려 당시의 여자애들——즉 지금의 삼, 사십 대 여성들이 어린 시절 즐겨 읽던 잡지가 있다면 거기에 이끌려 가게 안에 들어올지도 모른다.

"아리사는 어떤 만화를 좋아하니?"

"만화하면 〈리본〉이지. 〈나카요시〉나. 아니면 〈챠오〉나 〈히토미〉 같은 거. 아리사는 그런 거 좋아해."

아아, 나도 안다. 꽤 유명한 순정만화 잡지들이다. 하지만.

"미안. 순정만화는 아직 가게에 없어. 다음에 가져다놓을게."

——라니, 유령을 위해서 준비해놓겠다니 이게 무슨 소리람.

이야기하면서도 이상한 기분이 들었다. 하지만 이것만은 말할 수 있다.

정말 하나도 무섭지 않았다.

유령이 나온다는 걸 알고 있어서였을까.

"여기는 어려워 보이는 책밖에 없어."

아리사는 반대편으로 돌아 들어가 학술서를 보고 있었다.

"그쪽은 우리 할아버지가 가지고 계시던 책들이야."

"흐음, 그래서 오래된 책이 잔뜩 있었구나."

《창고의 책은 '고서점 노트'와 함께 손자인 다쓰야에게 남긴다.》

할아버지의 유언은 작년, 당신의 장남 —— 즉, 다쓰야의 아버지인 이치노세 다카후미가 돌아가신 뒤 금고에서 발견되었다. 할아버지가 돌아가신 지 24년 만이었다.

이 노트를 보지 못했다면 자신은 아직도 시스템 엔지니어로 살아가고 있을 것이다.

"오빠는 왜 서점 주인이 되고 싶었어?"

아래에서 아리사가 올려다보고 있었다. 순간이동도 할 수 있는 것 같았다.

"어, 그러니까 우선 이 가게는 평범한 서점이 아니라 고서점이라고 해서 다 읽은 책을 다른 사람이 읽었으면 좋겠다는 마음으로 다시 판매하는 가게야."

"헌책방이네."

"맞아. 사실 우리 할아버지가 예전에 고서점을 하셨어. 그때 나도…… 딱 아리사 정도 나이일 때 할아버지 가게에 놀러가곤 했거든. 그때의 즐거웠던 기억이 고서점을 열게 된 이유랄까."

"재미있어?"

"응. 재미있어. 여길 자세히 둘러보렴."

다쓰야는 가게 안을 잘 살펴보라며 아리사에게 손짓했다.

"이 가게 안에는 일만 권이 넘는 오래된 책이 있어. 그 말인 즉 일만 명이 넘는 사람이 글을 썼고, 일만 명이 넘는 사람이 그걸 읽었다는 이야기지. 즉 이만 명이 넘는 사람들의 추억이 이 가게의 책에 빼곡히 배어 있다는 말이야. 그런 책들에 둘러싸여 가게를 운영할 수 있는 건 굉장히 즐거운 일이라고 할아버지에게 배웠단다."

다쓰야는 그렇게 말하면서 책상에 올려놓은 '고서점 노트'에 손을 올렸다. 언젠가 다쓰야가 가게를 이어줄 것이라고 믿었던 할아버지가 손자를 위해 노하우를 기록한 노트다.

"흐으으으으음."

아리사는 이해를 했는지, 못 했는지 애매한 대답을 했다. 어쩔 수 없지, 아직 설명을 들어도 이해할 수 있는 나이는 아닌 것 같았다.

"있잖아, 아리사는 몇 살이니."

"몰라."

"아빠나 엄마는?"

"모르겠어."

"집은 어디니?"

"몰라. 하지만 아리사는 계속 여기에 있었어. 여기서 나갈 수가 없거든."

책에서 장소에 얽매이는 지박령이라는 유령의 종류가 있다고 읽은 적이 있다.

생글생글 천진난만하게 웃으며 대답하고 있지만 꽤 슬픈 이야기다. 가벼운 마음으로 물어본 자신의 행동을 반성하게 된다. 하지만 미안하다고 사과하면 오히려 더 상처를 주게 될 것이다.

"그렇구나. 하지만 오늘부터 내가 여기에 있으니까 놀러와도 돼. 읽고 싶은 책이 있으면 여기서 읽어도 되고."

"정말?"

──맨 첨에 들었던 '정말……로?'와 비교하면 목소리가 좀 밝아진 것 같다.

드르륵, 새시 문이 열리는 소리가 났다. 드디어 첫 번째 손님이 왔나보다.

아리사는 '팟' 하고 사라졌다.

"어서 오세……."

안 되지, 다시 고서점답지 않게 인사를 할 뻔했다.

하지만 첫 번째 손님이다. 개업일인데 괜찮지 않을까.

"어서 오세요."

배에 힘을 주고 소리를 내자 생각보다 더 크게 가게 안에 울려 퍼졌다. 나도, 넥타이를 멋지게 맨 초로의 손님도 조금 놀랐다.

좋아, 다행히 앞으로도 잘될 것 같다.

진짜 첫 손님은 유령이었다니 꽤 멋진 이야기가 아닌가.

게다가 아리사를 보고 있으니 그 시절의 내가 생각난다.

그때의 추억이 없었다면 지금의 나도 없었을 테니까.

2

"할아버지 이 책은 누가 쓴 거야?"

"그건 '나쓰메 소세키'구나. 백 년 정도 전에 책을 썼던 굉장히 훌륭한 사람이지."

"흐음, 그럼 이거는?"

"그건 '모리 오가이'란다."

다쓰야가 가게에 놓여 있는 책을 가리키며 질문을 하면 게이치로 할아버지는 귀찮아하는 기색도 없이 상냥하게 손자를 가르쳐주었다. 덧붙여 그 작가가 어떤 인물인지도 알려주었다.

도쿄 교외, 느티나무가 울창한 역 앞 큰길가에 선대 '이치노세 고서점'이 있었다.

유치원 여름방학이 시작되고 주말에는 오봉(우리나라의 추석과 비슷한 일본의 명절) 축제가 열린다고 해서 다쓰야는 조부모가 살고 있는 마을에 혼자 놀러와 있었다. 사방에서 울어대는 요란한 매미 소리가 가게 안까지 들려왔다.

은행원이었던 다쓰야의 아버지는 은행에 다니면서 수년간 관동 근교로 전근을 다녔다. 당시는 아버지가 지바 시내의 지점에 근무할 때였다. 다쓰야가 조부모를 잘 따르자 여동생을 출산한 지 얼마 되지 않았던 어머니는 조부모님 댁에 다쓰야를 맡기고 동북지방에 있는 외가에 몸조리를 하러 갔다.

"다쓰야는 정말로 책을 좋아하는구나."

하얀 콧수염을 쓸어 올리며 할아버지는 만면에 미소를 띠었다.

다쓰야는 그 미소가 좋았다.

그리고 그 이상으로 고서점이라는 공간이 좋았다.

갈색 표지가 가득 꽂혀 있는, 시대를 거슬러 올라간 듯한 세상에 있으면 그 책을 쓴 옛날 사람들이 말을 걸어오는 것 같았다. 유치원생이었던 다쓰야는 그렇게 어려운 표현은 말하지 못했지만 가게에 있는 게 '즐겁다'는 감정은 확실히 느꼈다.

재미있어 보이는 도록이 있으면 할아버지는 조심히 다루라고 당부하면서도 거리낌 없이 보여주었다. 거기에 더해 유치원생인 다쓰야가 좋아할 것 같은 고서를 계속 읽어주었다. 책 속에는 자신이 모르던 세상이 잔뜩 있었다.

하지만, 아무리 부탁해도 만져볼 수 없었던 책도 몇 권 있었다.

가게를 지키고 있던 할아버지의 등 뒤, 유리문이 달린 책장 안에 모셔져 있는 가죽 장정의 커다란 책들이었다. 유리문 중앙에는 커다란 맹꽁이자물쇠가 걸려 있었다.

"이 책들은 희귀본이라고 하는데 할아버지의 보물이란다. 그러니까 다쓰야도 만지면 안 된다. 백만 엔 정도 하는 굉장히 귀중한 것들이야."

"어떤 책들인데?"

"예를 들면 이 책은."

하면서 맨 앞을 가리킨다.

"지금으로부터 삼백 년 정도 전에 영국에서 쓰여진 중국의 역사책이란다. 상당히 구하기 어려운 책이지만, 할아버지가 아시는 분이 벨기에에서 발견하고 구해다주었지. 오십만 엔 정도에 사왔단다."

"백만 엔 아니고?"

"샀을 때는 오십만 엔, 지금은 이 책의 가치가 올라가서 백만 엔 정도가 되었지. 알겠니, 다쓰야 고서점이라는 장사는 말이지……."

이때 다쓰야는 고서점 경영의 재미에 대해 배웠다.

조부모님 댁에서 즐거운 여름 방학을 보내고 아버지가 데리러 왔던 마지막 날 밤. 이치노세 집안의 3대가 식탁에 둘러앉았다. 이야기를 하는 것은 자신과 할아버지뿐 아버지인 다카후미는 아무 말 없이 맥주를 마시고 있었다.

"다쓰야는 앞으로 무슨 일을 하고 싶으냐?"

"고서점 주인."

곧바로 대답한 다쓰야를 아버지 다카후미가 확 노려보았다.

"다쓰야 진심이냐."

"으, 응."

아버지가 할아버지의 일을 좋게 생각하지 않는 것은 어린 자신도 느끼고 있었다.

어디에도 얽매이지 않고 자유롭게 살아온 할아버지가 정년이 되기도 전에 다니던 출판사를 그만두고 그 퇴직금으로 염원하던 고서점을 열었다는 것을 여름방학 때의 이런저런 일로 들은 적이 있었다.

그런 아버지를 반면교사 삼아 자란 아버지는 은행원이라는 안정적인 직업을 택했다. 착실한 인생을 걸어야 하는 다쓰야가 난봉꾼 같은 할아버지에게 물들어 인생을 허비하는 게 아닐까──. 그런 아버지의 염려를 어른이 된 지금은 이해할 수 있다.

"다쓰야 잘 들어라. 장사를 하려면 돈이 많이 들어. 그건 너도 알겠지. 문제는 그 돈을 어떻게 쓰는가다. 장사를 잘하느냐 못

하느냐는 여기에 달려 있지. 네 아빠는 돈 그 자체를 다루는 은행원이라는 일을 하고 있으니까 많은 경우를 보았어. 어리석은 사람 중에는 판단을 잘못해서 가치가 없는 것에 돈을 쓰기도 하고, 실패해서 가족을 불행하게 만들기도 한다."

아버지가 넌지시 할아버지의 이야기를 꺼냈다.

다쓰야는 곁눈질로 슬쩍 할아버지를 보았지만 비난받은 본인은 아무렇지 않은 얼굴로 맥주를 마시고 있었다.

"고서점이 나쁘다는 게 아니야. 하지만 장사를 하려면 장사 감각이 필요해. 네게 그런 능력이 있는지 없는지 모르겠지만 우리 집안에 그런 감각은 없었다는 걸 알아둬라, 그러니까 아버지는 다쓰야가 은행까지는 아니더라도 제대로 된 회사를 다녔으면 좋겠구나."

할머니는 남편과 아들의 얼굴을 번갈아 가면서 살피고 있었다.

아버지의 의연한 꾸짖음에 다쓰야는 토를 달지 못했다.

할아버지는 꼼짝 않고 맥주를 마시고 있었다.

"뭐, 이런저런 삶의 방식이 있다는 거지."

할아버지가 손등으로 맥주 거품이 묻은 콧수염을 닦았다.

"하지만 다쓰야, 인생이란 사람마다 다른 거야. 은행에 다니는 것도 인생, 할아버지처럼 가족이 불평을 해도 좋아하는 일을 하는 것도 인생이다. 다쓰야는 다쓰야 나름대로, 하고 싶은 일을 하면 되는 거야."

그때 할아버지의 말에 언젠가 자신의 고서점을 이어주었으면 한다는 마음이 숨어 있었던 것을 다쓰야는 커가면서 서서히 알게 되었다.

할아버지는 그해 겨울 뇌질환으로 갑자기 돌아가셨다.

다쓰야에겐 할아버지의 장례식에 대한 기억은 없다.

나중에 어머니 말씀으로는 아버지가 가족들에게 '너희는 오지 않아도 된다'고 했다고 한다.

아버지 다카후미는 아이를 때리지 않고 엄한 말로 꾸짖는 사람이었다.

아버지는 매일 아침 정해진 시간에 집을 나가서 매일 저녁 늦게까지 일을 했다. 술은 약간 즐기는 편이었지만 담배나 도박은 쳐다보지도 않았다. 휴일에는 서재에 틀어박혀 있던 모습이 눈에 선하다. 책을 좋아하는 점은 3대가 똑같았다. 아버지에겐 취미 중 하나일 뿐이었지만.

다쓰야는 조부모님 댁에서 있었던 여름방학 때의 일 이후로 고서점에 대한 이야기를 하지 않았다. 할아버지라는 든든한 후원자를 잃은 후 어린 마음에도 자기의 꿈을 쉽게 말하지 않아야겠다고 마음먹은 것이었다.

하지만 아무래도 신경 쓰이는 일이 있다.

할아버지가 남긴 컬렉션이라고 할 만한 서점의 책들은 어디로 간 것일까. 가게 앞에 있던 것 외에 자택 마당에 있던 창고에는 상당한 수의 책이 있었을 텐데.

아버지가 기분이 좋을 때를 노려 다쓰야는 '그러고 보니 할아버지의 책 말인데' 하고 물어본 적이 있었다. 초등학교 고학년 때의 일이다.

하지만 아버지는 순식간에 불쾌한 표정을 짓더니 '너는 신경 쓸 것 없다'는 한마디로 정리해버렸다. 그 이상은 알 수 없었다.

하지만 할아버지의 희망이자, 자신의 꿈은 잊지 않고 간직했다.

"넌 아직도 그런 생각을 하고 있었느냐."

아버지에게 호되게 질책을 받은 것은 장래의 진로를 생각하던 고2때였다.

"내 인생이잖아. 아버지는 상관마세요. 할아버지도 좋아하는 일을 직업으로 삼는 게 좋다고 했어."

"돈을 써가며 널 키운 건 나야. 네 장래를 걱정하는 것도 부모의 역할이다."

"그럼 할아버지는 아버지를 걱정하지도 않았단 거야?"

"그 사람은 가족을 걱정 시키고 폐를 끼치며 살았어. 너는 모르겠지만 그 사람의 책도락 때문에 내가 얼마나 고생을 했는지 모른다. 그 사람은 시침 뚝 뗀 얼굴로 좋아하는 것만 하면서 인생을 살았지만 덕분에 나는 빚을 지게 되었어."

"하지만 할아버지는 퇴직금으로 고서점을……."

"그렇게 손쉽게 할 수 있는 사업이 아니야."

아버지 눈가가 물기에 젖어 형광등 빛이 어려 있었다. 몰랐던 사실. 처음으로 본 아버지의 눈물에 다쓰야는 더 이상 아무 말도 하지 못했다.

"알겠느냐, 다쓰야. 좋아하는 일을 직업으로 삼는 것은 분명 행복한 일이다. 하지만 좋아하는 일과 돈을 버는 것은 그렇게 간단히 이어지지 않는 게 현실이야. 내게 너의 꿈을 부정할 권리는 없지. 하지만 현실을 보지 않고 꿈만 꾸고 있으면 자기 자신은 물론이고 가족까지 불행하게 만든다는 걸 염두에 둬라. 내가 보기에 이대로라면 넌 불행해지고 말 거다."

아버지의 설득에 다쓰야의 꿈은 깨어졌다.

그런 아버지가 돌아가시고 할아버지의 유언이 나타나기 전까지는.

3

'서점에서 서서 책을 보는 유령이라니, 정체는 뭘까?'

SNS에 그런 글을 올리고 싶을 정도로 이치노세 고서점의 꼬마 유령은 백주 대낮에 당당하게 순정만화를 읽고 있다.

'게다가 고양이 유령도 함께 나타나는 것은, 대체 무슨 이유?'

그런 문장도 추가하고 싶다. 처음에는 눈치 채지 못했지만 아리사가 나타나면 동시에 검은 고양이도 가게 안 어딘가에 나타나 그녀를 지그시 바라보는 것이었다.

"얘는 초코라고 해. 아리사의 친구."

순진하게 말해서 '허어'라고밖에 대답하지 못했지만 요즘 유령은 애완동물도 데리고 나타나는 건가 싶어서 고개를 갸웃하게 된다. 뭐 그래도 이 고양이, 얌전히 아리사를 지켜볼 뿐 가게 상품을 긁거나 망가뜨리진 않아서 딱히 문제는 없었다.

이치노세 고서점이 개업하고 1주일이 지났다. 아리사는 가게 안에 다쓰야가 혼자 있을 때만 나타나서 준비해놓은 순정만화를 서서 읽다 간다. 그런 일상에 익숙해지는 자신도 별나다고 생각하면서 다쓰야는 쓰게 웃었다. 내심 자시키와라시 효과로 장사가 잘될 것도 기대하고 있다.

재미있는 부분은 가게에 손님이 왔을 때 그녀가 손에 들고 있던 만화도 슥 하고 같이 사라지는 것이다. 검은 고양이도 사라진다. 사실 이미 만화잡지가 몇 권이나 사라진 것을 알고 있지만 소년 만화인 걸 보면 아리사의 짓은 아니다. 그렇다는 건, 좀도둑이 나타났다는 말이다. 아리사와 사라진 만화책은 일순 사라지긴 하지만 인간 손님이 사라지고 나 혼자 남으면 다시 그녀와 함께 나타난다.

그리고 일주일간 보았더니 매일 다른 옷을 입고 나타나는 것도 신기했다. 오늘은 꽃무늬 원피스를 입고 하얀 타이츠를 신었다. 어제는 점퍼스커트였는데 그런 건 어느 가게에서 파는 거냐 물어보고 싶은 패션이었다. 구제 숍인가. 영계에 옷장이라도 가지고 있는 걸까.

게다가 요 며칠 아이의 행동이 영 이상하다. 때때로 가게 밖을 응시하면서 입을 빠끔빠끔 움직인다. 마치 밖에 있는 누군가와 이야기라도 하는 것처럼……

그런 식으로 다쓰야는 한가할 때면 유령을 관찰하게 되었다.

──아, 솔직히 한가하네.

개업하고 3일 정도는 좋았다. 대학시절의 친구나 전 직장 동료가 번갈아가며 찾아와 축하를 겸한 손님이 되어준 것이다. 3일 동안의 매출은 10만 엔── 일당 3만 엔이었다.

매주 월요일을 정기 휴일로 정했기 때문에 한 달에 영업일은 대략 25일 정도다. 그렇다면 월 매출은 칠십 오만 엔 정도가 될 것이다. 파격적으로 저렴한 집세와 전기세, 난방비, 매입 원가 등을 빼면 30만 엔 이상이 남는다. 그건 당연히 자신의 이익이 된다.

월 삼십만 엔이라면 매일 전차가 끊기기 전까지 야근을 하던 전 직장보다 수입이 좋다──. 며칠 전까지만 해도 이런 식으로 벌리지도 않은 수입을 계산하며 싱글벙글거렸지만, 오늘에 이르러 보면 문을 연 지 3시간이 지나도록 가게에 있는 것은 서서 읽는 유령 소녀뿐이다.

"저기, 오빠."

"응."

정신을 차려보니 아리사가 내 옆에 서 있었다.

"새로운 만화는 없어? 〈리본〉, 〈나카요시〉, 〈챠오〉…… 아리사 다 읽어버렸어. 〈히토미〉는 없어?"

"아아, 만화 잡지는 며칠이면 금방 다 읽는구나. 그리고 〈히토미〉는 이미 아주 옛날에 휴간해버렸어."

"휴우간?"

"그 책은 이제 만들지 않는다는 뜻이야."

"거짓말, 믿을 수 없어."

머리를 감싸 쥐는 알리사를 보면서 다쓰야는 그녀가 어느 시대에 살았을지 생각해보았다.

〈히토미〉는 1918년에 창간해 1991년에 휴간되었다. 따라서 시대에 맞지 않는 패션과 함께 추측해보자면 20년도 전에 세상을 떠나 유령이 된 게 아닐까?

아리사에 대해 추리하는 것도 좋지만, 당장의 문제는 우리 가게의 미래다. 아무래도 계산이 서지 않는다. 아직 일주일밖에 안 됐는데.

개점 4일째부터 가게의 매상은 하루에 만 엔 정도가 되었다.

이렇게 되면 예상 한 달 매상은 이십오만 엔. 그렇다는 건 개업 첫 달부터 적자 확정이라는 말이다.

"왜 그런 우울한 표정을 짓고 있어. 혹시 여자 친구한테 차이기라도 했어?"

비참함이 얼굴에 드러났는지 다쓰야는 유령에게 한소리 듣고 말았다.

"여자 친구 없어."

"아리사가 여자 친구가 되어 줄 수 있는데. 오빠는 멋지니까."

쿡쿡쿡, 다쓰야는 그만 웃고 말았다.

"왜, 왜에 웃는 거야."

불만인 듯 뺨을 부풀리는 소녀의 유령── 의외로 꽤 귀엽다.

"미안, 미안. 그렇게 말해줘서 기쁘지만 너와는 스무 살 이상 나이차가 나니까 말이지."

유령 소녀와 공존하는 생활. 신출귀몰할 때의 기묘함을 제외하면 이제 완전히 익숙한 일상이 되었다.

사무를 보다가 문득 고개를 들면 아리사는 항상 다쓰야의 눈길이 닿는 곳에 있었다. 아니 '있어준다'는 표현이 좋겠다. 다쓰야가 원래 고독한 걸 좋아하긴 했지만, 이렇게 쥐죽은 듯 고요한 가게 한쪽 구석에 오도카니 앉아 있자니 기분이 침울해졌다. 그럴 때는 눈을 반짝이며 만화를 읽는 아리사의 존재가 고마웠다.

그녀를 알아주는 건 자신뿐이다──. 그런 특별한 우월감도 느끼고 있다. 분명 나이차는 있지만 연애에 가까운 감정일지도 모르겠다. '여자 친구가 되어 줄 수 있다'는 말을 듣고 당황한 다쓰야는 저도 모르게 웃으며 얼버무렸다.

하지만 상대는 어린 여자아이다.

그리고 유령이다.

"아, 알았다──. 가게가 잘 안되어서 그러는 거지. 오늘은 아리사 말고는 다른 손님이 없었으니까──."

──너는 자신이 손님이라고 생각하는 거냐, 공짜로 보기만 하면서.

다쓰야는 아리사의 정곡을 찌르는 말에 속으로 불평을 하면서도 아무 대꾸도 하지 못했다.

몇 초간 침묵이 흐르고 아리사가 '후우' 하고 입술을 내밀고 한숨을 쉬었다.

"오빠는 이 동네가 어떤 동네인지 알고 있어?"

"무사시코가네이라고 하면 신주쿠까지 전철로 20분 정도 걸리는 베드타운이잖아."

"그렇지. 아리사는 여기에서 나간 적이 없으니까 바깥일은 잘 모르지만, 여기는 대학생도 많이 살잖아."

"아아, 아마 그렇겠지."

고가네이시는 문교부에서 선전할 정도로 학교가 많은 도시다.

공과계 대학이 국립과 사립 각 한 개씩 있으며 교원 양성에

특화된 국립 대학교도 역에서 버스로 갈 수 있을 정도로 가까운 위치에 있다. 그건 그런데 이 유령은 무슨 말을 하고 싶은 거지?

"대학생도 공부를 위해서 필요한 책들이 있을 거잖아."

"아아, 과연 그렇네."

무턱대고 내 취향의 책만 가져다놓아서는 팔리는 책은 얼마 되지 않을 것이다. 그렇게 되지 않으려면 각 대학에서 교재로 사용하는 책을 조사해서 가게에 들여놓으면 된다는 말이다.

"그리고 말이야, 그림을 좋아하는 대학생도 있지 않겠어?"

옆 동네에는 미술 대학도 있다. 화집을 들여놓는 것도 좋겠지. 의외로 이 녀석…….

"저기, 아리사."

"왜?"

"어떻게 봐도 넌 어린아이잖아. 읽는 책도 만화뿐이고. 그런 네가 어떻게 나에게 장사에 대한 충고를 해줄 수 있는지 궁금한데."

"아리사가 생각한 충고가 아니야. 할아버지가 그랬어."

"하…… 할아버지?"

'저기 봐' 하고 아리사가 가게 밖을 가리켰다. 하지만 다쓰야에게는 아무것도 보이지 않았다.

"있잖아, 아리사가 만화를 읽고 있으면 저 할아버지가 가게 밖에서 '오빠에게 좀 가르쳐주렴' 하고 아리사한테 말을 걸어. 자기가 들어와서 말해주면 좋을 텐데 못 들어온다면서."

"에에엥?"

다시 한번 쳐다보았지만 아무도 없었다. 핑크색 마을버스가 스쳐 지나갔다.

"아, 그런데 할아버지, 부끄럽다고 가버렸어. 이상해."

다쓰야는 일어나서 다시 만화책을 읽기 시작한 유령을 쳐다보았다.

이 아이는 유령이다. 즉, 현세의 인간이 보지 못하는 세계와 이어져 있는지도 모른다.

그렇다면 이 아이가 저세상 사람들과 나 사이에 다리를 놓아줄 수 있다는 말인가.

"저기, 잠깐 들어봐."

"오빠까지 만화 보는 걸 방해하는 거야?"

"아아, 미안, 미안. 하나만 물어보고 싶은 게 있는데, 혹시 그 할아버지에게 하얀 콧수염이 있었어?"

"응, 있었어."

"그렇구나, 고마워."

──그런 일도, 있는 거구나.

다쓰야는 손 안의 '고서점 노트'에 시선을 떨궜다.

이 노트만으로도 충분할 정도의 조언이 쓰여 있는데, 할아버지는 개점한 가게도 살펴보러 와주셨다. 지켜봐주시는 것인가.

콧속이 찡해졌다. 울음이 터질 것 같다.

하지만 울었다간 아리사에게 한소리 들을 것 같아서 꾸욱 참
았다.

4

"아버지 방을 정리하는데 이런 게 나왔단다."

49일제가 끝난 후 다쓰야와 어머니는 집 거실에 마주보고 앉
았다.

아버지가 돌아가신지 한 달. 짧은 기간이지만 어머니가 순식
간에 늙어버린 느낌이 들었다. 여동생과 함께 살고 계시기 때문
에 앞으로의 생활에 걱정은 없었지만 남편을 잃은 어머니는 깊
은 슬픔을 느끼고 계실 것이다. 그래서인지 어머니가 한 뼘은
작아진 듯 보였다.

어머니가 테이블 위에 꺼내놓은 것은 낡은 쥐색 장부였다.

장부에는 만년필로 쓴 듯 두꺼운 글씨체로 '고서점 노트'라고
적혀 있었다. 각진 글씨체에서 그리운 기억이 떠오른다,

"이거, 할아버지의······."

"그런 것 같더구나. 할아버지가 너를 위해서 써놓으신 것 같
아."

어머니는 아버지의 유품을 정리하면서 알게 된 사실을 천천

히 말하기 시작했다.

"아버지는 말이야 할아버지의 유언장을 계속 금고에 넣어두고 아무에게도 보여주지 않았어. 그러면 안 되는 거였지만 그 아버지도 돌아가시고 말았으니 이제는 뭐라 할 수도 없게 되었구나."

할아버지의 유언장에는 모든 장서를 다쓰야에게 물려준다고 적혀 있었다.

"아버지는 나름대로 고민한 끝에 내린 결정이셨을 거야. 할아버지의 고서점 때문에 생긴 빚으로 고생을 많이 하셨잖니. 차마 다쓰야에게는 물려주고 싶지 않으셨던 것 같아. 그 왜 네가 고등학생일 때 장래에 대해서 말다툼을 했잖니."

"아아, 그때 장래를 결정했었지."

그로부터 십여 년이 흘렀다. 대학 졸업까지 지원해주셨으니 감사하게 생각한다. 지금까지 이렇게 잘 살고 있으니까.

하지만 자신의 꿈을 부정한 아버지에게 마음을 열기는 쉽지 않았다. 그래서 취직을 해 집에서 독립한 후에는 거의 돌아오지 않았다.

돌아가신 지금에도 아버지와 화해할 생각은 없었다.

"할아버지의 유언을 공개하면 내가 다시 고서점을 하겠다고 나설 줄 아셨나 봐요. 아버지도참, 그럴 거면 유언이든 노트든 같이 관에 넣고 태워서 저세상까지 가져가셨으면 좋았을걸."

"다쓰야."

노기를 띤 어머니의 음성에 잠깐 후회가 되었지만 다쓰야도 화가 나 있었다. 슬펐다.

성실한 아버지는 차마 할아버지의 유언을 없애지는 못하였으리라. 너무 성실한 나머지 스트레스만 쌓이고, 그 때문에 간이 상해서 마지막에는 마른 장작처럼 가늘어져서…….

"어머니, 아버지는 인생이 행복하셨을까?"

"물어본 적은 없지만 행복하셨겠지. 자랑스러운 아들이 있으니까."

"괜히 또 그런다."

다쓰야는 무심코 쓴웃음을 지었다. 어머니도 웃고 있었다.

"그래서 어떻게 할 거니? 할아버지의 책은 아직 창고에 있긴 한데."

"으음, 할아버지랑 상담해볼게."

그렇게 대답한 다쓰야는 노트를 손에 들고 페이지를 넘겼다.

'다쓰야에게'라고 쓰인 첫 페이지를 넘기자 어른이 된 다쓰야가 고서점을 시작하려면 어떤 절차가 필요한지 자세하게 기록되어 있었다. 고물상 허가 신청부터 개점까지 필요한 경비의 견적, 고서 입수 방법, 책장의 배치…… 등등.

놀라운 부분은 소장하고 있던 희귀본 가격 일람이었다. 한번 가격을 적은 후 그 위를 하얗게 칠하고 25년 후인 지금 시대의 예상 가격을 매겨놓았다. 장차 손자가 어른이 되어 개업하리라 예상하고 작성했을 것이다. 현재의 시세와 비교해봐도 거의 차이가 없었다. 할아버지의 고서점 주인으로서의 감정안은 대단했다.

5

——이 녀석 혹시 가난신이 아닐까?

변함없이 서서 읽고 있는 아리사를 의심할 정도로 이치노세 고서점의 영업 성적은 하락세를 이어가고 있었다. 하루 매상이 오천 엔도 안 되는 날도 있어서 이대로라면 개점 첫 달부터 저금을 깨야 할 것 같았다.

유령 소녀를 통해 전달받은 할아버지의 조언을 실행했지만 이 마을에 고서점이 생겼다는 홍보가 잘 되지 않은 것은 아쉽다. 홈페이지는 만들었지만 장서가 너무 많다 보니 아직도 목록을 만들지 못했다. 온라인 판매 역시 손도 못 대고 있다.

"실례합니다."

드륵, 새시 문이 열리고 들어온 사람은 아쉽지만 손님이 아니라 2층 카페의 여주인이었다.

전에 인사하러 온 적이 있어 얼굴은 알고 있었다.

"드디어 내일이네요."

"그렇네요." 하고 웃음 짓는 그녀는 넓적한 상자를 들고 있었다.

"시험 메뉴를 너무 많이 만들어서요. 한번 드셔보시라고 가져왔어요."

그녀가 상자를 열자 달콤한 향이 주위에 퍼졌다. 초콜릿이 뿌려진 팬케이크였다.

"너무 좋네요. 아직 점심을 안 먹어서."

사실은 돈을 아끼기 위해 점심은 거를 생각이었다.

다쓰야는 상자를 공손히 두 손으로 받아들어 책상 위에 놓았다.

"그러고 보니 이치노세 씨, 그 이야기 말인데요."

카페 주인이 고서점 내를 두리번거렸다. 다쓰야는 가모시타 씨가 없을 때 이 사람에게 아리사에 대해 몰래 가르쳐주었다.

"아아, 방금까지는 있었는데요, 또 사라져버렸네요. 부끄럼쟁이 유령이니까 시간이 필요한지도 모르겠어요. 자연스럽게 지내다보면 분명히 그쪽에도 나타날 거예요——랄까, 나오길 바라시는 건가요?"

후후, 카페 주인이 웃었다.

"어떤 소녀일까 궁금해서요."

"그건 제게 이러쿵저러쿵 듣는 것보다 만났을 때의 즐거움으로 남겨두는 게 좋을 겁니다."

"기대하고 있을게요──. 실례했습니다."

오픈 전날이라 바쁠 것이다. 카페 주인은 빠른 걸음으로 2층으로 돌아갔다.

책상 주변에 팬케이크 향이 감돈다.

──그리고 벌써 책상 앞에서는 사냥감을 노리는 유령이 달라붙어 있다,

"먹을래?"

"먹어도 돼?"

"먹고 싶다고 얼굴에 써 있는데 뭘──은 농담이니까 얼굴 가져다대지 말고. 자, 이거 받아."

상자에 들어 있던 일회용 포크를 건네받은 아리사는 팬케이크를 푹 찔러 한 장을 들어올렸다. 흐느적, 포크에 매달려 늘어진 팬케이크를 높이 들어 올린 아리사는 빵 먹기 경주를 할 때처럼 아래에서부터 먹어치웠다,

그 모습을 흐뭇하게 바라보던 다쓰야에게 어떤 의문이 떠올랐다.

유령이란 살아 있는 사람처럼 배가 고파지고, 그럴 땐 무언가 먹기도 하는 걸까?

아니, 지금 이렇게 필사적으로 팬케이크를 먹으려고 애쓰는 유령이 있긴 하지.

아, 벌써 한 장 더 먹으려고 하네. 이 녀석은 사양이란 걸 모르는군.

하지만 뭐 어때.

어떤 인과로 도시의 빌딩에 갇혀버린 소녀의 유령. 지박령은 그 지역에 매인다고들 하는데 어째서 이렇게 어린 소녀가 이 건물에 갇히게 된 걸까.

본인도 사연을 모르지만 조금이라도 밝혀지면 이 소녀도 자유의 몸이 되어 가족들에게 돌아갈 수 있지 않을까──? 다쓰야는 그런 생각을 해보았다.

"아, 그리고, 그리고 있잖아."

순식간에 팬케이크 3장을 먹어치우고 입가에 초콜릿을 묻힌 아리사가 말했다.

"그 책 말인데."

아리사가 가리킨 것은 다쓰야 뒤쪽의 유리 케이스에 들어 있는 희귀본이었다.

"할아버지가 전해달래. 이거는 할아버지의 보물이지만 가게의 상품이기도 하니까 갖고 싶다는 손님이 나타나면 팔아도 된대."

아리사의 말을 듣고 다쓰야는 몸을 돌려 등 뒤의 책을 보았다.

"팔아도 된다고, 정말로 그렇게 말씀하셨어?"

"백만 엔짜리래."

"그, 그랬었나?" 하고 다쓰야는 노트를 보았다.

──하지만 노트 목록에는 하얀 덧칠 위에 삼백만 엔이라고
적혀 있었다. 그 옆에 있는 책이랑 착각한 거 아닌가? 돌아가신
분도 착각은 하는 법이다──. 뭐, 그렇지.

"생각해주는 건 고맙지만 이 책에는 추억이 담겨 있어서 팔
고 싶지 않아. 그리고 그런 가격을 지불할 만한 사람이 나타날
것 같지도 않고."

한편으로 생각해보았다.

혹시 삼백만 엔에 팔린다면 당분간 돈 걱정은 하지 않아도
괜찮겠구나, 그러면 온라인 판매 같은 다양한 일을 준비할 수
있을 텐데.

6

드륵, 작게 새시 문 소리가 나더니 가게 안에 사람 그림자가
비쳤다.

"어서 오세요."

오랜만에 온 손님이라 그만 인사가 나왔다.

다쓰야의 인사에 반응을 보이지 않은 손님은 예순쯤 되어 보

이는 남성이었다. 어두운 적갈색 양복을 입고 베레모를 쓴 모습에서 추측하건대 대학교수 같았다.

손님은 학술서 서가를 끝에서부터 천천히 보면서 카운터 앞까지 다가왔다. 그러다 다쓰야의 뒤쪽을 보고는 '오오' 하면서 눈을 빛냈다. 찾던 책을 발견한 표정이다.

"주인장, 저 책은『중국제국지』인가요."

"아, 네."

손님이 갑자기 전문적인 이야기를 해서 다쓰야는 어정쩡하게 반응했다. '고서점 노트'에 써 있던 장서 일람을 떠올렸다. 이 책은 어제 아리사를 통해서 할아버지가 '팔아도 된다'고 했던 그 책이 아닌가.

진짜냐──! 할아버지가 손님까지 데려와주신 건가.

다쓰야는 손님을 다시 살펴보았다.

혹시 이 사람도 유령인 건 아니겠지. 할아버지나 아리사가 유령 손님을 여기까지 데려오는 일이 아예 없을 것 같지는 않다. 하지만 새시 문을 드르륵 열고 들어왔으니까.

"그건 비매품입니까?"

"꼭 그렇지는 않은데요."

"가격이?"

"그게……."

다시 한번 노트를 보았다.『중국제국지』는 역시 삼백만 엔이라고 가격이 수정되어 있었다.

"삼백만 엔입니다."

말하면서 손님의 반응을 다시 살폈다. 만약 저 손님이 이걸 사겠다고 나선다면 태어나서 한 번도 하지 못한 경험을 하게 될 지도 모르겠다.

"삼, 백, 만……."

역시 이 가격은 상당히 부담스럽겠지. 손님은 한동안 말이 없었다.

'으음' 하고 팔짱을 끼고 한동안 눈을 감고 있던 손님이 '그래' 하고 강하게 고개를 끄덕였다.

──어, 설마.

"이 책을 십 년 동안 찾아 헤매고 있었다네. 역에서 나와 근처 병원에 가던 중에 새로운 고서점이 생겼기에 들러본 것뿐인데…… 설마 이런 데에서 만날 줄이야……. 아, 아니 이런 데라는 말에 다른 나쁜 뜻은 없다네. 마음에 두지 마시게나."

학자다운 정중한 말투에 압도당하는 기분이다. 그보다 이 사람 진짜 살 생각인가?

"그래서 말이오, 주인장. 간곡히 부탁드리고 싶네만, 이 책을 구입하겠다 마음은 먹었지만 애석하게도 지금 수중에 그 정도 거금은 없다오."

"당연히 그러시겠죠."

52

삼백만 엔을 들고 다니는 사람이라니, 그리 흔하진 않을 것이다.

"그래서 계약금을 걸고 나중에 다시 와서 찾아가고 싶은 마음이네만, 실은 지금 논문을 쓰는 중이라서 말이오. 한시라도 빨리 저 책을 손에 넣고 싶구먼. 그래서 말인데."

손님은 안주머니에 손을 넣어 지갑과 명함케이스를 꺼냈다.

"내가 이 대학에 근무하고 있소만, 이걸로 좀 신용을 얻을 수 있을까."

손님은 명함과 만 엔짜리 지폐를 카운터에 내려놓았다.

"계약금이 너무 적어서 부끄러울 따름이지만 이걸로 우선은 책을 가져가고, 오늘 중으로 나머지 금액을 지불하는 건 어렵겠나."

"아, 그게."

다쓰야는 눈앞의 지폐를 보고 있었다. 역시 대학교수였구나.

이런 거래를 해도 되는 걸까? 할아버지라면 어떻게 하셨을까. 어쨌든 이것은 앞으로 이 가게의 경영을 좌우하는 거래인 것이다.

아무 말도 하지 못하고 잠시 생각을 하고 있자 손님은 조바심이 든 모양이다.

"이것만으로 선뜻 믿기는 어렵겠지요."

"아, 아니요. 손님을 믿지 못해서가 아니라 이 책이 팔릴 거라고는 생각지도 못해서요."

"혹시, 제 신상에 조금이라도 의심이 드신다면 명함의 번호로 연락해보게나. 연구실인데 조수가 받을걸세."

"아, 네."

뭘 어떻게 해야 할 지 판단하지 못한 다쓰야는 반사적으로 눈앞의 수화기를 들었다.

"······대학, 시라이 연구실입니다."

수화기 건너편에서 명함에 적힌 이 교수의 이름을 댔다.

"말씀하신 대로 선생님 연구실 전화번호네요. 의심해서 그런 건 아니지만 확인을 드려서 실례가 많았습니다."

"아니, 아닐세. 물건을 파는 입장에 계신 분이니 당연하지."

아르카익 스마일(그리스 아르카익 시대 조각상에서 주로 보이는 표정. 입술 양끝이 올라간 표정으로 삼국시대 불상 등에도 보이는 미소.)──이라는 단어가 생각하는 미소였다.

"알······겠습니다."

다쓰야는 일어섰다.

이건 역시 할아버지가 데려와준 손님이겠지. 이런 고마운 타이밍에 나타난 구매자를 보내고 후회하는 것보다는 이 기회를 놓치지 않는 게 좋을 것이다.

삼십 년 이상 이치노세 서점에 보관되어 있던 희귀본이 드디어 구매자의 손에 넘겨지는 순간이다. 떨리는 손으로 자물쇠를 열고 유리장에서 책을 꺼내 비싼 책임에도 비닐봉투에 넣었다. 왜냐하면 봉투가 이것밖에 없기 때문이다.

"이런 영광스러운 날은 또 없겠습니다. 그럼 저희 영업시간은……"

"오후 여덟시까지입니다."

"그때까지 다시 찾아오지. 그럼 이만."

다쓰야는 가볍게 모자를 들어 인사하는 교수를 새시 문 밖까지 배웅해주었다.

역을 향해 걸어가는 모습을 지켜보는데 등 뒤에서 기척이 느껴졌다.

"안 돼, 안 돼, 안 된다니깐."

아리사였다. 미간을 잔뜩 찡그리고 있었다. 이런 표정은 처음 본다.

"무슨 말이야?"

"그러니까 안 된다고…… 저 사람은 거짓말쟁이야. 절대 팔아서는 안 된다고. 아저씨들이 막 소리 지르고 있단 말야. 얼른 가서 되찾아……"

다 듣지도 않고 다쓰야는 뛰쳐나갔다.

──그래, 역시 저 책은 팔아서는 안 되는 거였어.

"저── 죄송합니다."

역 앞 큰길에서 택시를 타려고 손을 흔드는 교수, 아니 거짓말쟁이를 쫓아갔다.

상대는 잠시 눈을 크게 뜨더니 금방 온화한 목소리로 "무슨 일이지?" 하고 대답을 했다.

"정말 죄송합니다. 그 책 말인데요. 역시 팔아서는 안 될 것 같아요, 죄송합니다."

"나를 믿을 수 없다는 말이오?"

불쾌한 듯 날카로운 목소리였다.

어쩐다. 저 사람이 사기꾼이라고는 하지만 그건 귀신들의 이야기고 지금 나에겐 어떤 증거도 없다. 만약 사기꾼이 아니라면 당하는 입장에서는 터무니없는 일이다.

그렇다면 자신의 마음을 솔직히 말하는 수밖에 없다.

"선생님을 믿지 못해서가 아니라 제가 망설여져서 그렇습니다. 그 책은 저희 할아버지께서 소중히 여기던 보물이에요. 판매하는 상품인 건 맞지만 할아버지의 보물을 제가 쉽게 팔아버린다는 게, 역시 아무래도 안 되겠습니다."

그렇게 말하고 다쓰야는 깊이 고개를 숙였다.

"당신은——"

머리 위에서 목소리가 들렸다.

"진정한 장사꾼이라고 할 수 없구먼. 나는 손님이야. 적지만 돈으로 이 책에 대가를 치렀지 않나. 이제 와서 돌려달라니, 이상한 이야기 아닌가."

"네. 장사꾼 실격이라고도 할 수 있죠. 하지만 가게에서 이 책이 사라지자마자 이 책은 저와 할아버지를 이어주는 인연의 끈이라는 생각이 들었습니다. 이제 와 이런 말씀을 드려서 죄송하지만 부디 양해해주시면 감사하겠습니다. 내용을 보고 싶으시면 제가 부담해서 모든 페이지를 복사해드리겠습니다. 모든 수단을 동원할 테니 부디 양해해주십시오."

다쓰야는 바지 주머니에서 꺼낸 지갑에서 만 엔짜리를 끄집어냈다.

"불쾌하기 그지없군."

손님은 그 만 엔짜리를 오른손으로 낚아채더니 왼손에든 비닐봉지를 집어 던졌다.

다쓰야가 제대로 받지 못하자 책이 퍽 소리를 내며 바닥에 떨어졌다.

"……당신 사기꾼이지."

"시, 실례 되는 소리를."

"대학교수가 수년간 찾아온 백만 엔짜리 희귀본을 바닥에 내팽개칠 리가 있나. 아니면 지금 같이 경찰서로 가자고. 거기서 증명해보라고."

"흥, 불쾌하구만. 난 이만 가겠어."

사기꾼은 다쓰야의 눈을 피하듯 돌아서더니 무사시코가네이 역을 향해서 종종걸음으로 멀어져갔다.

이때 다쓰야는 한 가지 더 깨달았다.

저사람 '역에서 나와 근처 병원에 가던 중'이라고 말했었는데 역으로 가다니. 사기꾼 확정이다. 나중에 대학에도 문의해봐야지.

"어서 와. 아, 책을 되찾아왔네."

다쓰야는 유령이 반기는 가게로 돌아왔다.

이런이런, 힘든 하루다.

땅에 떨어지면서 상했겠구나 싶어서 희귀본을 쓰다듬었다. 다행히 만들 때 튼튼하게 만들었는지 상처라고 할 만한 부분은 보이지 않아 안심하고 유리장에 다시 돌려놓았다.

옆에서 아리사가 미소 짓고 있다.

"다행이네, 오빠."

"응 다행이지. 너랑 할아버지 덕분이야. 하지만 어떻게 사기꾼이라고 알아챈 거야?"

"그 할아버지는 며칠 전부터 가게 앞을 어슬렁어슬렁 거렸었거든."

"살펴보고 있었구나."

"그랬던 것 같아…… 아, 근데 뭐라고 이야기를 하시네……. 어, 뭐라고요? ……그런 책을 보이게 전시해놓으면 안 된다고……. 아니, 조금은 보이게 해놓으면 가게의 품격이…… 어어어, 그런 건 매상이랑은 상관이 없다고……. 아, 진짜, 두 분이 한 번에 말하지 말아요."

"두 사람이라니, 한 명 더 있어?"

"아까 아리사가 그랬잖아, 아저씨들이 소리 지르고 있다고."

다쓰야는 가게 안을 둘러보았다. 책들이 조용히 늘어서 있다.

"노트를 봤으면서 아직도 눈치를 못 챈 거냐고 화내고 있어. 수염이 없는 아저씨가."

"수염이 없다……니."

"책 가격을 보라는데."

주변에 있던 노트를 펼쳤다.

가격에 금액이 수정된 부분이다.

"아."

어떻게…… 어떻게 아직까지 눈치 채지 못했던 걸까.

희귀본의 가격이 수정된 부분에 하얗게 '수정 테이프' 칠이 되어 있었다. 할아버지는 생전에 '수정액'밖에 사용하지 않으셨다.

즉, 이십 년 전의 가격을 고쳐놓은 것은—— 아버지였다.

생전에는 그렇게 반대했으면서, 다쓰야가 언젠가 개업할 거라고 짐작하셨으리라. 돌아가시기 전에 요즘 시세에 맞도록 고쳐놓으신 것이다.

그런가, 그런 거였구나.

"오빠, 왜 울어?"

다쓰야는 소녀의 물음에 대답하지 않고 어깨를 들썩이며 고개를 숙이고 있었다.

──이렇게 되면 이 가게는 오기로라도 계속 하고 말겠어.

"오빠는 남자잖아. 울면 안 돼."

"그렇게 말하셔?"

"아니, 이건 아리사가 하는 말."

"아하하 그래……. 있잖아, 아리사. 할아버지들에게 전해주지 않을래?"

"뭔데?"

"지켜봐줘서 고마워──라고. 그리고 노트가 있으니까 이제부터는 내 힘으로 열심히 해보겠다고. 그러니까 얼른 성불하시라고."

"응, 알았어."

드르르륵 입구에서 소리가 나더니 새로운 손님이 들어왔다.

아리사는 순식간에 사라져버렸다.

"어서 오세요."

다쓰야는 눈물을 닦고 기운차게 인사했다.

이치노세 고서점 2대째는 오늘부터 진정한 개업인지도 모르겠다.

제2화

카페 아스카

1

팬케이크는 간단하기에 더욱 만들기가 어렵다.

반죽의 촉촉함, 표면에 감도는 먹음직스러운 갈색, 은은한 단맛과 향── 어느 것 하나 놓칠 수 없는 요소이지만 '완벽'하게 만드는 건 상당히 어렵다. 아직은 연습이 더 필요할 것 같다.

니노미야 하루나는 주방에서 팬케이크를 만들고 있었다.

개업 첫날인 토요일에는 친구들을 초대한 홍보 겸 친목회였기 때문에 다음 날인 일요일이 정식 개업일이었다. 그날은 낯선 손님들에게 계속 커피를 내리고 팬케이크를 구워냈다.

그리고 월요일인 오늘, 원래는 정기 휴일이지만 쉬고 나면 감을 잃어버릴 것 같아서 하루나는 가게에 나왔다. 하지만 가게는 휴일이었기 때문에 오늘의 손님은 이 빌딩, 스카이 카사 무사시코가네이의 오너 가모시타 씨와 아래층의 고서점 주인뿐이었다.

"아니, 일부러 이렇게 가게 휴일에 초대해주다니 고맙네요."

고마워하는 가모시타 씨에게 하루나는 "어머 아니에요" 하고 대답했다.

"저야말로 시간을 내 방문해주셔서 감사합니다, 이치노세 씨도요."

"오전 시간에는 손님이 몇 명밖에 안되니까 괜찮습니다."

"몇 명밖에? 가게는 괜찮은가?"

가모시타씨의 어조에서 불안감을 느꼈는지 이치노세가 웃으며 "네에" 하고 대답했다.

"덕분에 온라인 판매도 잘 되고 있어서 저래 보여도 꽤 잘되고 있습니다. 가게가 바빠지는 건 저녁이에요. 학생들이나 직장인들이 끝나고 들르는 경우가 많더라고요."

"그래, 참 잘되었구면."

건물주니까 세 들어 있는 가게의 장사가 잘되는지에 관심이 가겠지──. 두 사람의 대화를 들으면서 하루나는 계란과 설탕을 볼에 넣고 거품을 냈다.

"그런데 니노미야 씨, 나는 그런 젊은 아가씨들이 먹는 팬케이크 같은 거랑은 인연이 없었거든."

가모시타 씨가 카운터 너머로 하루나의 손동작을 보고 있었다.

"팬케이크랑 핫케이크는 어떻게 다른가?"

"아, 그 질문, 저도 궁금했어요."

"후후, 그렇지요."

거품기를 들어 올려 볼의 가장자리를 톡톡 가볍게 두드렸다.

중요한 밑 준비 중 하나는 이것으로 OK. 상온에 둔 계란을 사용하는 것이 포인트인데, 그렇게 해야 거품이 잘 일어난다.

"여러 가지 설이 있더라고요. 두껍게 구워서 단맛이 강하면 핫케이크고 얇게 구워 단맛이 적으면 팬케이크라고 할까요. 팬케이크는 베이컨 등과 함께 먹기도 해요."

"그런 거 본 적 있어요. 오모테산도에 있는 카페에서."

"아이구, 나는 전혀 몰랐네. 그 짜기만 한 베이컨이랑 먹는단 말이지."

반응이 완전 다르네. 역시 나이대에 따라 차이가 있구나.

"팬케이크가 그냥 총칭이고, 핫케이크도 크레이프도 팬케이크의 한 종류라는 이야기도 있어요."

그렇게 말하면서 하루나는 볼에 밀가루를 조금씩 넣었다. 중력분과 박력분을 절묘한 비율로 섞어 체에 거른 것이다. 계속해서 샐러드유, 바닐라 에센스, 우유를 더하고 찰기가 생기지 않을 정도로 잘 섞는다. 천천히, 천천히.

"저희 팬케이크도 기본적으로 달콤한 종류뿐이라서요. 핫케이크라고 해도 될 것 같긴 하네요.

왼손을 핫플레이트 표면 가까이에 대서 온도를 체크한다. 자동 설정이지만 버릇이라 그만 무심코 이렇게 해버리고 만다. 팬케이크 전문점이라면 전용 팬을 설치하겠지만 여기는 어디까지나 '팬케이크가 맛있는 카페'일 뿐. 고집을 부렸다면 개업을 하지 못했을 것이다. 선술집이던 2층의 설비는 거의 그대로 사용할 수 있었고 무엇보다 집세가 한 달에 6만 엔으로 파격적으로 저렴했다. 2층이긴 하지만 무사시코가네이역에서 걸어서 3분 거리에 있어서 시세의 반값 이하나 마찬가지다.

거기에 '유령이 붙어 있다니' 두근거린다.

팬케이크 반죽을 볼에서 떠올려 핫플레이트에 떨어뜨린다. 조금 높은 위치에서 떨어뜨려야 깔끔한 원형으로 만들어진다.

"호오, 벌써 좋은 냄새가 나네요."

가모시타 씨가 코를 벌름거리고 있다. 저 나이에 단 것을 좋아한다고 하니 드문 일이다.

핫플레이트 위에 여섯 개의 동그라미가 생겼다. 크기는 손바닥을 쫙 편 정도가 딱 좋다. 표면에 보글보글 거품이 보이면 그때 뒤집어서 윗면을 익히면 완성이다. 바닐라 향이 주방을 가득 채운다.

"토핑은 어떤 걸로 하시겠어요? 저희는 메이플 시럽, 초코,

블루베리, 라즈베리까지 네 종류가 준비되어 있어요."

"그럼 나는 초코로 주시면 고맙겠네요."

"저는 블루베리요."

"네, 알겠습니다."라고 대답하면서 하루나는 터지는 웃음을 참았다. 남자 둘이 카운터에서 "초코요", "블루베리요" 하는 모습은 처음 보는 것 같았다.

역시 팬케이크는 여자를 위한 음식인가봐.

그렇지 아스카——. 하루나는 카운터 끝에 놓아둔 사진을 보았다.

때르릉, 휴대전화 벨소리에 "아, 실례합니다." 하면서 가모시타 씨가 안주머니에서 폴더 폰을 꺼냈다.

'아, 네네' 하면서 대답하는 가모시타 씨의 표정이 어두워진다.

"알겠습니다. 지금 바로 가겠습니다. 예에, 네네."

가모시타 씨는 딱딱한 표정으로 전화를 끊었다. 그러다 다른 사람들이 걱정하는 기색을 읽었는지 "이야, 죄송하네요." 하며 쓴웃음을 지었다.

"위층 미용실에서 다음 주에 오픈하려고 하는데 내부 공사가 예정보다 늦어진다고 해서요. 의자 같은 내부 기자재가 오늘 들어와야 하는데 내부 인테리어 업체의 차가 주차장을 차지하고 있어서 트럭이 들어오질 못한다고 울고불고 난리네요. 우리 집 주차장 쪽으로 안내하고 올 테니 잠시 실례하겠습니다. 십 분 정도 걸리겠네요. 금방 오겠습니다."

가모시타 씨가 서둘러 나갔다.

팬케이크는 막 구웠을 때가 제일 맛있는데 하고 생각하면서도 그런 사정이라면 어쩔 수 없지 하고 하루나는 미소를 지었다.

"집주인도 큰일이네요."

"아니 뭐, 이것도 일이니까요. 집주인이면 세입자들이 기분 좋게 장사할 수 있도록 도와야죠. 그럼 잠시."

가모시타 씨가 유리문을 열고 계단을 내려갔다. 딸랑, 문에 붙은 도어 벨에서 맑은 소리가 났지만 하루나는 눈앞의 핫플레이트에 정신을 집중하고 있었다.

——좋아, 지금이다.

재빨리 팬케이크를 뒤집으면 그림책에 나오는 여우와 같은 색이 난다. 아스카도 인정했던 가장 맛있게 구워진 상태다.

뒤집어서 잠시 굽다가 널찍한 하얀 접시에 세 개씩 올려놓는다.

한쪽 접시에는 블루베리 소스와 열매를 올리고 휘핑크림을 가득 곁들인다. 가모시타 씨의 몫에는 돌아온 뒤에 토핑을 올리기로 한다.

1층 고서점의 주인인 이치노세 씨의 블루베리 팬케이크에는 색을 더하기 위해 크림 위에 민트 잎을 올린다——. 이걸로 완성.

"자, 드세요."

"와아."

눈을 빛내며 접시에 손을 뻗는 이십 대 후반의 청년. 의외로 귀엽네.

"정해진 먹는 방법은 없어서 마음대로 드셔도 되지만 나이프와 포크를 이용해 한입 사이즈로 잘라 먹으면 편하실 거예요."

달그락 달그락. 이치노세 씨가 어설프게 나이프와 포크를 사용해 팬케이크를 입에 넣었다.

두, 세 번 오물오물 입을 움직이더니 음 하고 눈을 크게 떴다. 기분 좋은 반응이었다.

"뻔한 말이라 죄송하지만, 맛있네요."

"감사합니다. 아, 맞다."

하루나는 생각이 났다.

"이치노세 씨에게 자세히 듣고 싶었어요. 어제 드린 팬케이크에 대한 이야기요."

그렇다. 그에게는 한 번 샘플을 나눠 준 적이 있었는데 이 빌딩에 사는 여자아이 유령이 먹어버렸다고 했다.

"아, 그렇네요. 그때 주신 팬케이크는 니노미야 씨가 돌아가자마자 바로 그 소녀—— 아리사라고 하는데요, 갑자기 나타나서—— 눈앞에서 빤히 보고 있는 거예요."

"갑자기 확 나타나는 군요."

"특촬영화처럼 검은 고양이랑 같이요."

"고양이라니, 그것도 유령인가요?"

"네에, 아마 우리가 이렇게 대화하는 것도 어딘가에서 보고 있을지도 몰라요."

"그럼, 지금도."

"이 가게의 어딘가에서 보고 있을지도 모릅니다. 1층 가게는 닫아놓고 왔으니까요."

이치노세 군은 20대 후반이라고 가모시타 씨에게 들었다. 그 나이에 헌책방 주인이라니 고지식한 사람인가 싶었지만, 이렇게 이야기를 나누어 보니 젊은이답고 부드러운 말씨의 청년이었다. 더 신기한 것은 자신보다 먼저 유령 소녀를 만난 그는 전혀 두려워하는 기색이 없고 오히려 유령에 대해 친근하게 말하는 것이다.

"이치노세 씨의 이야기를 듣고 있으니 재미있네요."

"천진난만한 귀신이라 웃겨요. 사양하는 기색도 없이 팬케이크를 전부 날름 먹어버린다든지, 제가 애인이 없다고 했더니 자기가 여자 친구가 되어 주겠다더군요."

"유령에게 고백을 받으셨네요."

"솔직히 두근거리긴 했어요, 처음이라서요."

"고백을 받은 거가요? 아니면 유령에게 고백을 받은 게?"

"둘 다요. 나이차가 너무 많이 나서 거절했어요, 유령이기도 하고."

라고 말하는 이치노세 씨는 아주 마음이 없지도 않은 표정을 짓고 있었다.

"모를 일이죠. 유령이라도 앞으로 나이를 먹을 수도 있고, 예쁜 여성으로 자랄지도……."

농담을 하는데 가슴속이 쿡 아파왔다.

유령은 나이를 먹지 않겠지.

왜냐하면 사진 속의 그 아이도 계속 그대로니까.

대화가 끊기고 카페 아스카 내에는 침묵이 흘렀다.

하루나의 모습을 보고 추측했는지 '저기' 하고 이치노세 씨가 카운터 끝에 놓아둔 사진을 가리켰다.

"신경이 쓰였는데 이 사진은 따님이신가요?"

"네에."

"몇 살이었나요?"

'었냐'고 과거형으로 묻는 걸 보면 그는 가모시타 씨에게 하루나의 사정을 들어 아는 것 같았다.

카페의 이름인 아스카는 세상을 떠난 딸의 이름이다.

"여섯 살—— 초등학교에 들어가기 전이었어요."

"그랬군요. 죄송합니다. 괴로운 일을 물어서."

이치노세 씨는 머리를 깊이 숙이더니 "사실은……" 하고 이전에 체험한 신비로운 이야기를 해주었다.

자신에게는 보이지 않지만 돌아가신 아버지와 할아버지가 가게에 나타나셨다고.

그들은 가게 안에는 들어오지 못하고 아리사를 통해서 이러쿵저러쿵 고서점 경영에 대해서 조언을 해주었다고 한다.

"덕분에 삼백만 엔이나 하는 귀중한 책을 도둑맞지 않을 수 있었습니다. 게다가 이제는 괜찮다고 아리사를 통해서 전했더니 사라졌다고 해요. 아마도 성불하신 게 아닐까요."

"그건."

"무슨 뜻인지 아시겠지요."

이치노세 씨는 미소를 지으며 팬케이크를 입으로 가져갔다.

"제 소중한 사람이 건물 바깥에서 아리사를 통해 말을 전했다는 이야깁니다. 쓸데없는 참견일지도 모르지만 니노미야 씨께도 어쩌면 따님이……."

"그렇다면…… 그렇다면 정말 기쁘겠네요."

딸에게 듣고 싶은 말이 산처럼 쌓여 있다——. 하지만.

"중요한 아리사 양이 만나주질 않네요. 왜 그럴까."

"그 애는 팬케이크를 좋아하는 것 같으니까. 이런 말은 좀 그렇지만 먹을 걸로 낚아보시면 어떨까요."

"나이스 아이디어. 이 가게를 연 보람이 있네요."

힘껏 미소 지어 보였지만 하루나는 사실 울고 싶었다.

만나고 싶다. 아스카를 만나고 싶어.

만나서, 꼭 안아주고, 사과하고 싶다.

2

"어째서 이런 간단한 문제를 못 푸는 거야."

감정을 억누르려 해도 눈앞의 현실에 자꾸 흔들리고 만다.

유치원에서 숙제로 내준 시험지는 전부 열 장이었다. 다른 아이들은 교실에서 바로 다 풀었다고 하니 그 시점에서 이미 차이가 난다. 할 수 없이 휴일 아침부터 풀게 했더니 전부 다 틀린 답을 적어놓았다.

"대답해봐 아스카, 왜 그러는 거야?"

계속 다그치다 정신을 차려보니 딸은 고개를 숙인 채 눈물을 글썽이고 있었다.

하루나에게 저 표정은 낯설지 않았다. 삼십여 년 전의 자신과 똑같다. 요령이 없어서 무슨 일을 하던 주변 친구들보다 뒤처지고 부모에게 책망을 듣기 일쑤였다. 그러다보니 딸의 이런 모습에 예전 자신의 모습이 겹쳐 보여 감정을 억누를 수가 없다.

"여보, 이제 그쯤 하면 됐잖아. 아스카도 울고 있는데."

견디지 못하고 도움의 손길을 내민 것은 남편인 나오토였다. 도내 제조업체에 다니는 동갑의 샐러리맨, 하루나는 그와 이십 대 후반에 만나 서른에 결혼했다. 이듬해에 딸인 아스카가 태어났다.

"정말, 이러면 합격을 못 한다고요. 여름방학도 곧 끝나는데."

한숨을 쉬면서 의자에서 일어났다. "죄송해요" 하고 아스카가 중얼거렸다. 죄송한 마음이 있으면 좀 더 열심히 하라──는 말을 꾹 삼킨다.

"무리하지 않아도 공립 초등학교에 들어가면 되니까, 다양한 선택지를 생각해봐."

남편이 말했다. 하지만 그건 집과 회사만 왕복하면서 주변이 보이지 않기 때문이다.

"당신은 그렇게 말하지만 이 아파트의 또래 아이들은 다들 사립 초등학교를 노리고 있어요."

사실, 지금 살고 있는 동네의 교육환경은 세간의 기준으로 보았을 때 딱히 좋다고 말하기는 어려웠다. 교내 괴롭힘, 등교 거부, 학급 붕괴, 범죄── 엄마들의 소식통에서 들은 정보를 떠올려보면 어느 것도 아이의 장래가 밝다고 말하기 힘든 내용이었다.

그래서 이사를 가고 싶었지만 이곳에는 시부모님과 함께 살고 있어서 불쑥 여기서 나가 살고 싶다고는 말할 수 없었다. 그렇다면 공립 초등학교가 아니라 독자적인 커리큘럼으로 대학까지 그대로 진학하는 사립 초등학교에 들어가면 된다. 그러면 이 동네의 열악한 교육 환경에 영향 받지 않겠지. 주변에서는 그렇게까지 할 필요는 없다고 할 것이다. 스스로도 그런 생각이 들 때가 있다. 하지만 이건 자신의 이기적인 욕심이 아니다. 아스카에게 좋은 교육을, 더 나은 장래를 주고 싶은 부모의 마음이다.

하지만 그런 부모의 마음이 통하지 않는 것이 현실이다. 올해 중반부터 시작한 초등학교 입학시험 대비 유치부 교실에 주 2일이나 다니고 있지만, 원하는 학교에 입학할 가능성은 점점 더 멀어지기만 한다. 무엇보다 수업을 받는 본인에게 의욕이 없는 것이 손에 잡힐 듯 보인다.

아스카는 고개를 숙인 채 움직이지 않았다.

저것도 어릴 때의 자신과 똑같다고 하루나는 생각한다. 꾹 참고, 견디고, 이 폭풍이 지나가기만을 기다린다.

이런이런, 이럴 때는 무슨 말을 해도 소용이 없다.

조금 생각하다가 하루나는 딸의 기분이 풀리는 주문을 입에 올렸다.

"얘, 아스카. 팬케이크 구울까."

순간 아스카의 얼굴이 화악 밝아진다. 단순하기 그지없는 아이인 것이다. 이런 모습도 자신과 닮아서 싫었다.

"엄마, 오늘은 메이플 시럽으로요."

"그래그래."

아스카는 토핑을 고르는 순서가 정해져 있었다. 메이플, 블루베리, 라즈베리 세 가지 종류를 순서대로 돌아가며 먹었다. 주에 한 번은 팬케이크를 만들었고 저번 주에 라즈베리를 먹었으니 오늘은 메이플 시럽을 고른 것이다. 하루나가 만드는 토핑 중에는 초콜릿도 있는데 딸은 쓰다고 하면서 먹지 않았다.

특별히 내세울 장점이나 자격증이 없는 하루나지만 과자를 굽는 것만 젊을 때부터 좋아했다. 조리기구도 예전부터 모아서 이제는 꽤 그럴듯한 것을 만들어낼 수 있었다. 단것을 좋아하는 남편도 과자에는 사족을 못 썼고 지금 이렇게 딸과 함께 팬케이크를 굽는 시간은 기분 전환도 되었다.

"저기, 아스카."

달걀에 설탕을 넣어 거품을 내면서 하루나는 딸에게 말을 걸었다.

"엄마도 사실은 아스카에게 공부하라고 하고 싶지 않아. 그런데 이 동네의 초등학교는 좋지 않은 부분이 많거든. 그래서 엄마는 아스카가 좋은 초등학교에 갔으면 좋겠어."

이해를 하는지 못 하는지 아스카는 고개를 살짝 갸웃했다.

"지금은 힘들지도 모르지만 열심히 공부해서 합격하면 그 후에는 어른이 될 때까지 계속 입시 때문에 고생하지 않아도 돼.

그래서 엄마는 아스카가 지금 조금만 더 열심히 공부하면 좋겠다고 생각해. 11월이 시험이잖니? 그러니까 앞으로 두 달하고 조금…….”

“있잖아, 엄마.”

볼을 잡고 있던 아스카가 고개를 들었다.

“아스카는 엄마처럼 팬케이크를 잘 만드는 사람이 되고 싶어.”

“그건 나중에 엄마가 가르쳐줄게.”

“나는 팬케이크 가게 주인이 되고 싶은데, 그것도 공부를 해야 돼?”

“어, 응. 당연하지.”

──당신의 인생은 뭔데?

그런 말을 듣는 것 같아서 말이 나오지 않았다. 정신을 차려 보니 팬케이크 굽기가 특기인 전업 주부가 되어 있는 자신, 당신은 그게 뭐야. 라고

그래서 나는 딸에게 좋은 미래를 주려고 이렇게 필사적으로 노력하고 있는 것이다.

“아스카, 무슨 일을 하던 사람은 공부를 하지 않으면 안 돼. 너는 그 시기가 다른 사람보다 조금 이른 것뿐…….”

아스카는 또 고개를 숙이고 있다. 이 아이와 공부에 대해 이야기하는 건 안 되는 건가.

"엄마."

"응?"

"아스카는 나쁜 아이니까 오늘은 엄마가 좋아하는 팬케이크를 만들어도 괜찮아요."

"아니, 괜찮아. 아스카가 좋아하는 메이플로 하자."

"있잖아, 가르쳐줘, 엄마가 좋아하는 팬케이크는 무슨 맛이야?"

으음, 하루나는 생각했다.

이런 식으로 눈치 보지 않아도 되는데. 그러면 자신도 그만 신경을 쓰고 만다. 지금 여기서 구하지 못하는 재료를 대서 결국은 양보하는 것이다.

"산딸기를 올린 새콤한 팬케이크."

"딸기?"

"아니, 산딸기. 산에서만 나니까 지금 여기서는 구할 수가 없어. 그러니까 오늘은 아스카가 좋아하는 메이플 팬케이크를 만들게. 그거 먹고 힘내자."

돌이켜보면 이때가 가장 행복한 나날이었는지도 모른다.

이듬해 봄을 맞이하지 못하고 아스카를 잃게 될 줄은 이때의 하루나는 전혀 생각지 못했다.

3

"메이플 맛있어."

눈을 반짝반짝 빛내며 팬케이크를 먹고 있다.

"이쪽의 블루베리도…… 으음, 최고."

하루나는 어젯밤 이치노세 씨의 조언을 듣고 "미끼로 낚기 작전"을 실행했다.

밤에 자신이 없을 때 와서 먹었으면 좋겠다고 생각하면서 가장 끝에 있는 테이블에 메이플, 블루베리, 라즈베리, 초코── 네 종류의 팬케이크를 늘어놓았다.

그리고 다음 날 아침. 그걸 먹고 있는 건 유령 소녀가 아니라 3층 미용실의 주인이었다.

"정말 내가 다 먹어도 괜찮아?"라고 하면서 미용실 주인은 우걱우걱 팬케이크를 먹고 있었다.

아침 인사를 하러 왔다는 그──아니 지금의 경우에는 '그녀'라고 하는 게 좋겠지──는 테이블에 올려둔 팬케이크를 재빨리 눈치 채고 하루나에게 물었다. 아리사의 일까지 포함해서 일련의 이야기를 해주었더니 "귀신이라는 게 정말로 있구나." 하면서 눈을 빛냈다.

"화장하고 준비하느라 바빠서 아침 먹을 여유가 없다니깐." 커다란 입을 벌려 팬케이크를 밀어 넣는 모습이 완전 상남자다.

"유지라고 불러줘."라고 했으니 그 말인 즉, 여성스럽게 굴지만 남자인 거네.

"그렇구나, 귀신 소녀는 나타나지 않았나보네."

"네 종류나 준비했는데 아쉽게도 안 왔네요."

"아니, 그렇지도 않을걸."

유지 씨가 초코 케이크를 접시에서 들어올렸다.

"여기 봐봐." 손가락으로 가리킨 부분이 작게 잘려 있었다.

"자기가 만드는 팬케이크는 전부 예쁜 동그라미 모양으로 구워지는데 왜 여기만 이렇게 잘려 있을까."

눈치 채지 못했다.

"이거 어린애가 작게 깨문 자국 같잖아. 서른다섯 먹은 여장 남자 입모양이랑은 전혀 다르지."

──품! 하루나는 그만 뿜어버렸다. 스스로 여장 남자라고 하다니.

"자기 너무 잘됐다. 드디어 진심으로 웃네."

"네?"

"아까부터 계속 웃고는 있었는데 사실은 웃는 게 아니었잖아."

"그렇게 보이나 봐요."

"여장 남자의 통찰력을 우습게보면 곤란해. 힘든 일이 있었겠지만 기운내야 해. 나도 기운 낼 테니까. 근데 이러면 유령 소녀를 먹을 걸로 꼬여내는 거나 마찬가지네. 우후후."

그럴지도 모르겠다. 처음엔 이렇게 깨문 자국만 남기고 가는 걸로 충분하다. 조금씩이라도 좋으니 친해질 수 있다면. 언젠가 하루나에게도 모습을 나타내줄 것이다.

다음 날도 네 종류의 팬케이크 중에서 초코에만 작게 깨문 자국이 나 있었다.

정말 보일 듯 말 듯 작은 크기였다.

하루나는 의문이 들었다. 이치노세 씨 앞에서는 후루룩 세 장이나 먹어치웠다고 했는데 어째서 이 가게에서는 요만큼만 먹는 걸까. 사실은 먹고 싶은데 참는 것 같다는 생각도 들었다.

게다가 입을 대는 건 초코뿐이다. 혹시 아스카와 함께였다면 그 아이는 싫어하는 초코를 고르지 않았을 것이다. 그것은 하루나 자신에게는 아쉬운 일이기도 했다.

시간이 있을 때 1층 고서점에 가서 물어보았지만 이치노세 씨는 고개를 갸웃하며 "글쎄요"라고 할 뿐이었다.

게다가 "요 며칠간 우리 집에도 나타나질 않아요. 그 댁 가게도 열었고 3층 미용실도 곧 열 테니까 그쪽에 가보시면 어때요?"라고 한다. 유령이란 제멋대로다.

이 가게에 와 있다면 모습을 감추고 내 일거수일투족을 보고 있다는 말일까. 자꾸 긴장을 하게 되지만 손님 상대를 하다보면 어느새 유령의 존재는 잊게 된다.

'미끼 낚시'를 시작한 지 며칠 째. 피곤에 지친 하루나는 팬케이크를 구워 테이블에 올리자마자 힘이 다해서 2인용 소파에 쓰러져 눕고 말았다.

이렇게 피곤할 때면 꼭 꾸는 꿈이 있다.

아니 꿈이라기보다 과거의 편린이랄까.

초겨울.

테이블을 사이에 두고 마주 앉은 자신과 아스카.

자신이 뭐라고 소리쳤는지는 생각나지 않는다. 딸의 눈에서는 커다란 눈물이 뚝뚝 떨어지고 있었다.

응시한 모든 학교에서 떨어진 날이었다.

그날 밤, 아스카는 집에서 사라졌다.

아스카를 찾아 헤매는 남편과 자신.

다음 날 아침 경찰서에서 연락이 왔다.

싸늘한 시신이 된 아스카가 누워 있다.

이런 저런 목소리가 번갈아가며 들려온다.

"엄마, 죄송해요."

"네가 죽인 거야."

"엄마 죄송해요."

"네가 죽인 거야."

"엄마……."

"아아, 아아아……."

하루나는 울부짖는 자기 목소리에 정신이 돌아왔다.

항상 이렇다. 그때부터 5년이나 지났는데 가슴 깊이 새겨진 상처는 아물지 않고 자신을 계속 책망한다.

감정이 격해진 나머지 쉽게 정신을 차리지 못했다.

그때였다.

──스윽.

자신의 볼을 스윽 닦아내는 감촉.

하루나는 아직 완전히 눈을 뜨지 못하면서도 가게 안에 자신이 흘린 눈물을 닦아주는 '누군가'가 있다는 것을 눈치 챘다.

살짝 눈을 떠보니 역광 때문에 상대의 얼굴은 보이지 않았다. 누군가 분홍색 손수건을 들고 소파 옆에 쭈그려 앉아 있었다.

"아스카……?"

"아니, 아리사예요."

"드디어 나타났구나──! 아, 잠깐만 기다려!"

하루나가 일어나려고 하니 아리사가 몸을 빼면서 경계했다.

"아리사 부탁이야. 나쁜 짓은 하지 않을 테니 사라지지 말아줘. 이대로, 이대로, 여기에 같이 있어줘."

"무섭게 안 해?"

겁먹은 눈동자, 주뼛거리는 말투로 아리사가 말했다. 자신의 딸이 생각나는 어린 소녀의 눈, 이런 눈을 보는 건 5년 만이었다.

"무섭게 안 할게. 너랑 이야기를 해보고 싶었어──. 그리고 팬케이크는 갓 구운 게 맛있으니까 새로 만들어줄게."

하루나는 천천히 일어나 주방으로 갔다.

안심했는지 유령 소녀는 사라지지 않고 주방에 따라 들어왔다. 그리고 지금에야 눈치 챈 거지만 소녀의 발밑에는 검은 고양이가 한 마리 있었다. 이것도 전해들은 대로다.

언제나 하던 대로 팬케이크 구울 준비를 시작하자 아리사는 옆에서 흥미롭게 지켜보고 있었다.

"아리사는 팬케이크 좋아하니?"

"팬케이크가 뭐야?"

아아, 그때서야 기억이 났다. 이치노세 씨가 이 소녀가 예전 시대에 사람인 것 같다고 했었지.

"핫케이크랑 똑같아. 팬케이크라고 말하면 더 세련된 느낌이 들지 않니?"

"아니, 뭔가 이상해. 팬과 케이크라니, 막과자 가게에 파는 거 같아."

그게 옛날 사람의 감상이구나 ──라고 생각했지만 소녀가 상처받을 것 같아서 말하지는 않았다.

하루나는 팬케이크 반죽을 만들면서 곁눈질로 아리사를 관찰했다. 오늘의 패션은 하얀 블라우스에 핑크색 조끼, 아래에는 빨간색 체크의 슬림한 바지──라니, 이거 아무리 봐도 하루나가 어릴 때 친구들이 입던 복장과 다를 게 없었다. 어라?

하루나의 기억의 바닥에서 아리사와 같은 복장이 떠오를 것 같았다. 이 소녀의 복장, 어디서 본 기억이 있는 것 같은데

"저기, 아리사."

"왜요, 아줌마."

으으, 갑자기 '아줌마'라니 충격이…… 아니 그런 건 잠시 넘어가자.

"나는 유치원생 때부터 중학생이 될 때까지 이 마을에서 살았어. 왠지 너랑 어디서 만난 것 같은 기억이 드는데. 너도 고가네이시에 살았니?"

"글쎄, 잘 모르겠어."

"그렇구나. 나중에 생각나면 알려주렴."

핫플레이트의 온도가 딱 좋아졌다. 국자로 퍼 올린 반죽을 떨어뜨리자 동그란 살구색 원이 그려졌다.

소녀의 눈에 '우와'라고 써 있다. 아스카도 저런 눈을 했었지.

"금방 구워질 거야. 맛은 초코 맛으로 괜찮니?"

"음, 응." 대답하는 아리사의 눈이 아련했다.

"그밖에 메이플이랑 블루베리, 라즈베리도 있는데 아리사는

초코가 좋아?"

"메이플, 블루베리……."

"아줌마도 아이가 있었는데, 그 맛을 좋아했어. 혹시 아리사랑 친구가 되진 않았을까? 밖에서 이 가게를 보고 있다던가."

"아아니, 없어, 없어없어, 없다니깐." 유령 소녀가 고개를 절레절레 흔들었다.

몇 년뿐이었지만 그래도 아이를 키운 경험이 있다. 소녀가 거짓말을 하는 게 훤히 보였다. 하지만 왜 없다고 하는 걸까.

"저기, 아리사."

하루나는 핫플레이트를 살피며 말을 걸었다.

"아줌마네 딸 말인데, 오 년 전에 세상을 떠났어. 추운 날 혼자서 집을 나갔거든. 다 같이 찾았지만 결국 발견하지 못했는데, 다음 날 아침 멀리 있는 산 중턱에서 차갑게 식은 채 죽어 있었어."

아리사는 대답이 없었다.

──할짝, 할짝.

두 사람의 발치에서 검은 고양이가 작은 접시의 우유를 핥아 먹는 소리가 들렸다.

"저체온증이라는 병에 걸려서 그랬다고 해. 그런데 그 애가 왜 거기 있었는지 아무도 모르겠대. 아줌마가 그 애를 화나게 만들었는데 아무래도 그래서 그런 거 같거든……. 미안하다고 말해주고 싶은데……."

굽고 있는 팬케이크는 여섯 장이었다. 하루나는 타이밍을 가늠하다 재빨리 뒤집었다. 예쁜 여우색이 나오자 아리사의 얼굴이 화악 밝아졌다.

"자, 다 됐다."

커다란 접시 하나에 세 장, 세 장씩 팬케이크를 나눠 담았다.

한쪽에는 초코를, 다른 쪽에는 —— 아마도 이게 좋겠지 생각하면서 메이플 시럽을 뿌리고 가운데에는 휘핑크림을 얹었다.

"자아, 여기. 친구랑 같이 먹으렴."

하루나는 그렇게 말하고 아리사에게 접시를 건넸다.

"오늘은 여기까지. 아리사도 고양이도 사라져도 괜찮아."

어째서, 라고 묻듯이 고개를 갸웃하는 아리사에게 하루나는 말을 이어 나갔다.

"접시는 꼭 다시 가져오렴. 내일도 아스카에게는 초코, 친구에게는 블루베리 팬케이크를 만들어줄 테니까. 다시 만날 수 있으면 좋겠어."

"어, 응."

웃는 건지 곤란해 하는 건지 뭐라 형용할 수 없는 표정을 지은 아리사가 "고마워"라고 중얼거리더니 슥 사라졌다.

접시도, 발치의 고양이도 함께 사라졌다.

——역시 그런 거였어.

하루나는 만족하고서 집에 돌아갈 채비를 했다.

4

"어머, 드디어 성공했나봐."

가게 오픈 전에 찾아온 유지 씨는 팬케이크가 사라진 접시를 보면서 호들갑을 떨었다.

"또, 처리해줄 사람이 필요할 줄 알고 왔더니 아쉽네."

"유지 씨에겐 만들어드릴게요. 항상 신세지고 있는걸요."

"어머, 정말? 기뻐라. 오늘은 미남 오빠도 같이 있네."

──뭔가 우리 가게가 아침 밥집이 되고 있는 것 같은데?

하루나는 씁쓸하게 웃으면서 팬케이크를 만들 준비를 계속했다. 오늘 아침에는 1층의 이치노세 씨도 초대했다. 그와 이야기 나누고 싶은 게 있었다.

"이치노세 씨가 말하신 대로 역시 우리 딸도 있나 봐요."

"어떻게 아신 거죠?"

"사실은 아리사를 한번 떠봤어요. 딸과 친구가 되었냐고 물었더니, 그 애, 허둥지둥 거리면서 아니라고 하더라고요. 아아, 역시 우리 딸도 있는 거구나 싶었죠,"

"무슨 이야기람?" 유지 씨가 끼어들었다.

"아리사는 유령이잖아요? 그래서 유령들끼리는 대화할 수 있는 거겠죠. 실제로 저희 아버지와 할아버지와도 대화가 되는 것 같았어요."

"응? 이상하지 않아? 그 집 딸도 엄마랑 이야기를 하고 싶을 텐데. 그런데 유령 소녀만 나타나서는, 게다가 딸은 여기 없다고 거짓말 할 필요가 있겠어?"

유지 씨의 미간에 주름이 잡혔다.

과연, 그렇게 생각하는 게 당연하겠지——. 하루나는 후우 한숨을 내쉬었다.

"사실은 저, 딸이랑 사이가 좀 안 좋았어요. 서로 마음이 엇갈린 채로 그 애가 떠나버려서…… 계속 후회하고 있었어요."

"딸도 나서기 어려워서 머뭇거리고 있을 거야. 엄마와 딸 사이인데 괴롭겠네……. 유령 소녀도 딸이 같이 있지만 거짓말 한 거 아닐까."

"네, 아마도 그렇겠죠."

"그렇구나, 안타깝네."

유지 씨의 목소리 톤이 낮아졌다.

"이치노세 씨에게 처음 팬케이크를 가져다드렸을 때는 1층이었으니까, 아리사도 사정을 모르고 그냥 먹었던 거겠죠. 하지만 딸애와 만나서 사정을 들은 거예요. '우리 엄마는 사실 무서운 사람이야'라든가. 그래서 한동안 나타나지 않았던 거 같아요."

"무서운 사람?" 이치노세 씨가 의외라는 표정을 지었다.

"이치노세 씨 아버지나 할아버지처럼 우리 애도 빌딩 안에는 들어오지 못하고 팬케이크에 손을 대지 못하는 상황이라면. 아리사도 자기만 먹는 건 좋지 않다고 생각했겠죠. 하지만 참지 못하고……."

"끝에만 살짝 베어 먹었구나. 어린애답네."

그렇군, 하고 유지 씨가 머리를 끄덕였다.

"하지만 어제는 드디어 아리사가 눈앞에 나타나줬어요……. 그래서 나, 눈앞에서 팬케이크를 구워줬어요. 그 애랑, 딸애랑 같이 먹으라고요."

"저기……" 이치노세 씨가 끼어들었다.

"그렇다면 어젯밤, 아리사는 어째서 나타난 걸까요."

"부끄럽지만 어제는 제가 지쳐서 소파에서 잠들었거든요. 자다가 슬픈 꿈을 꾸어서 울었던 것 같아요. 아리사가 나타나서 손수건으로 눈물을…… 아."

하루나는 말을 하다가 중요한 것을 깨달았다.

──그렇구나. 그런 거였어…….

"니, 니노미야 씨?"

"왜 그래? 뭔데? 갑자기 울면 어떡해."

갑자기 터져 나온 눈물에 두 손님이 당황했다.

"죄송해요. ……지금 떠올랐어요. 아리사가 내 눈물을 닦아

줬던 핑크색 손수건…… 그건 우리 딸이 가지고 있던 거였어요.

'허어' 하고 둘 다 놀란 표정을 지었다.

"아마도 울고 있는 나를 보고 딸애가 자기는 어떻게 할 수 없으니까 아리사에게 손수건을 건네준 게 아닐까요."

"어머, 어떡하니."

유지 씨의 남자다운 목소리가 떨리고 있었다, 눈가에서는 검은색 아이섀도가 흘러내렸다.

"아침부터 울리면 어떡해? 나 화장 다 고쳐야겠다."

"죄송해요. 아침부터 이런 이야기를 해서."

사과하는 하루나를 유지가 손으로 탁탁 두드렸다.

"자기 딸, 너무 착하네. 나도 같은 여자로서, 어머니로서, 그런 착한 딸에게 사랑받고 싶어. 정말."

이야기가 옆으로 새는 기분이 들었지만 위로해주는 느낌이 전해져 기뻤다.

이치노세 씨는 가게 안을 이리저리 둘러보고 있었다.

"아마 아리사는 지금도 보고 있지 않을까요. 친구의 팬케이크를 먹어치울 만큼 경솔한 아이는 아니니까 니노미야 씨의 마음은 전해졌을 거예요."

"그럼 좋겠네요."

"일 층에 나타나면 저도 이것저것 물어볼게요. 요즘은 통 만나지 못해서요."

"이치노세 씨 쓸쓸하겠네."

이치노세는 '그, 그렇지는——' 하면서 손을 내저어가며 부정했다. 하루나는 이치노세 씨와 아리사는 나이차는 많이 나도 의외로 잘 어울리는 것 같다는 생각이 들었다.

"좋겠다. 유령이 가게에 찾아오다니."

"유지 씨 가게에도 분명히 나타날 거예요."

"그럼 좋겠는데……."

——꼬르르륵

유지 씨의 배에서 소리가 났다.

"어머, 정말. 꼬르륵 소리 나잖아. 빨리 만들어줘."

"네에네에."

하루나는 눈물을 닦고 다시 팬케이크를 만들기 시작했다.

5

그날 밤.

가게를 닫은 후 아리사에게 줄 팬케이크를 만들 준비를 하고 있는데 도어 벨이 딸랑 울렸다.

즉 이건 유령이 아니라 사람이 가게에 왔다는 의미. 하루나는 고개를 들었다.

"아……."

눈에 들어온 양복 차림은, 3년 전에는 매일 보던 모습이었다.

자신이 카페를 열었다는 소식을 어디서 들은 걸까. 같이 아는 친구들은 많으니까 아마도 그중에 한 명이 전해준 거겠지. 도쿄에서도 동쪽 끝에 사는 그 사람이 어쩐 일로 서쪽에 있는 고가네이까지 온 걸까——. 하루나는 경계심이 들었다.

"영업하러 나왔다가 오랜만에 컨트리 팜에 저녁을 먹으러 갔었어. 그랬더니 마스터가 이야기해서……."

결혼 전 둘이서 자주 데이트하던 양식당에는 카페를 개업했다고 알렸었다. 하지만 거기에서 고가네이까지 굳이 찾아올 필요가 있었을까.

"들어가도 괜찮을까."

"벌써 들어왔잖아. 커피라도 마시고 가."

"아아, 잘 마실게."

——이게 뭐야, 부부끼리 나누는 대화 같잖아. 이제 부부도 아닌데.

창가 자리에 앉은 전남편은 가게를 휘익 둘러보더니 "대단하네." 하고 중얼거렸다.

"혼자서 이렇게나. 애 많이 썼겠구나. 축하한다 ——고 전해주고 싶었어."

"별말씀을." 무심한 어조로 대답하고 커피를 놓았다.

이 사람에게 감정 소비하고 싶지 않다. 위자료를 카페 개업 자금으로 쓰긴 했지만 지금 굳이 말할 필요는 없겠지.

침착하게 팬케이크를 굽는데 전념해보지만―― 안 되겠다. 이 사람의 존재가 마음에 가시처럼 거슬려 하루나는 진정이 되지 않았다.

아스카를 잃은 직후 부부는 서로가 서로를 감싸면서 살았다. 서로 잃어버린 것이 같았기 때문에.

하지만 아이라는 연결 고리를 잃어버리자 부부는 그저 남자와 여자일 뿐이었다. 둘째를 가질 생각도 하지 못하고 시간만이 흘러갔다. 정신을 차려보니 서로의 마음은 멀어지고, 그는 '남'이 되어가고 있었다.

싸워서 아수라장이 벌어진 후, 그의 한마디가 헤어지는 데 결정타를 날렸다.

"아스카는, 네가 죽인 거야."

남편은 취해서 기억을 못하겠지만 자신도 그 생각을 계속 마음속에 품고 있었던 것은 틀림없는 사실이다. 정든 딸이 초등학교 입시에 실패했다고 갑자기 사라지더니, 다음 날 아침 산속 깊은 곳에서 차가운 시신으로 발견되었다. 하루나 자신이 죽인 거나 마찬가지다. 그것도 사실이다.

그러니까 이제, 이 사람과는 같이 살아갈 수 없다.

서로를 용서하지 못하고 헤어진 지 3년이나 지났는데, 이 사람은 하필이면 왜 이 시기에 나타난 걸까.

이제는 서로 서먹한 관계일 뿐이다. 아스카는 이 모습을 어떻게 보고 있을까.

가게 안에 창 밖에서 들려오는 차 소리만이 울렸다——.

"저기."

"있잖아."

두 사람은 동시에 말을 꺼내다 '앗' 하고 눈이 마주쳤다.

"——자기, 진심으로 웃는 게 아니었잖아."

어째서일까 하루나의 머릿속에 갑자기 유지 씨의 말이 떠올랐다.

"후훗."

"뭐, 뭐가 웃긴데."

"이런 거, 결혼 전에 자주 있었잖아. 서로 무슨 말을 하면 좋을지 모르다가 뭐라도 말해야지 싶어서 말을 꺼내는데 타이밍이 딱 맞는 거. 무심코 웃음이 났네."

"그랬나."

"그랬어. 당신은 잊어버린 모양이지만."

하루나는 그렇게 말하고는 "이런 이야기 믿지 않겠지만" 하면서 이 빌딩의 유령 소녀와 어젯밤 있었던 이야기를 전 남편에게 천천히 들려주었다.

팔짱을 끼고 이야기를 듣던 전 남편은 손수건 이야기를 듣더니 눈을 꾹 감았다.

"있잖아, 하루나."

이 사람이 3년 만에 친근하게 이름을 불렀다. 낯이 간지러운 기분이 든다. 하지만 하루나는 이어지는 그의 말을 듣고 일련의 일들이 이어져 있다는 느낌을 받았다.

"솔직히 말할게. 방금 일이 있었다고 한 건 여기 오기 위한 구실이었어. 컨트리 팜에 갔던 건 사실이지만……."

이어진 것은 최근 며칠간 꿈에 아스카가 나왔다는 말이었다.

그것도 반드시 볼이 미어져라 팬케이크를 먹고 있는 모습이었다고 한다.

"당신이 팬케이크 가게를 열었다는 소문은 들었어. 언제부터 어디에 여는지는 몰랐지."

"그 아이가 당신에게 그걸 알려주고 싶어서 꿈에 나왔다는 말이야?"

"그렇게 생각하면 이해가 되지. 그 애의 장래희망, 당신도 기억하겠지."

"당연하지. 그래서 일부러……."

"응……."

──넌 엄마에겐 가게를 열게 만들고, 아빠를 여기에 데려온 거구나.

"저기, 하루나."

"응."

"난 아직도 잘 모르겠어. 그날 밤, 왜 아스카가 혼자서 그런 곳에 간 건지. 역이나 거리의 CCTV에 그 아이가 혼자서 걷는 모습이 찍혀 있었잖아. 유괴당한 것도 아니고 누가 속여서 데려간 것 같지도 않아."

"왜 그랬는지, 언젠가 알게 될지도 모르겠네."

"그렇구나. 오늘은 여기 와보길 잘한 것 같아."

전남편은 돌아가려는지 일어서면서 가슴팍에서 명함을 꺼냈다.

"또 들려줄 수 있을까? 유령 소녀에 대한 이야기. 그리고 아스카에 대해서도 알려주면 좋겠어."

"알았어. 이리로 연락하면 되는 거지."

하루나는 자신이 웃고 있다는 걸 깨달았다. 상대도 같은 표정이었기 때문이다.

"그리고 의미 없는 정보일지도 모르지만 나 다시 혼자가 되었어."

전남편은 '그럼 또' 하면서 오른손을 흔들더니 도어벨 소리를 울리며 계단을 내려가 떠났다.

저 사람에게도 팬케이크를 대접하는 게 좋았을까? 하루나는 잠시 후회했지만 오늘밤의 손님은 이미 이 모습도 다 보았을 것이라고 생각했다.

가게 안을 휘익 둘러보았다.°

"아리사, 아줌마 혼자 있으니까 이제 나와도 괜찮아."

반응이 없었다. 그럴 리가 없는데.

"팬케이크 만들 건——데."

저도 모르게 훅 물러나고 말았다. 아리사가 눈앞에 나타났기 때문이다.

"놀랐어?"

"놀랐지. 이렇게 가까이 있을 줄은 몰랐어."

그건 즉, 전부 다 들었다는 말이겠지.

"있잖아, 괜찮으면 오늘은 같이 만들지 않을래?"

"좋아."

"그럼 아줌마는 계란이랑 설탕을 저을 테니까, 아리사는 그릇을 좀 잡아줄래?"

"알았어."

"아, 그 전에 얘한테 우유를 줘야겠구나."

발치에 검은 고양이가 있는 것을 깨달았다. 어째서 항상 같이 다니는 걸까. 사이가 좋은 것도 아니고 고양이는 아리사를 지그시 바라볼 뿐이었다.

"아줌마, 있잖아."

"응응."

"어제는 팬케이크를 여섯 장 구워줬잖아. 오늘은 아홉 장 구위줬으면 좋겠어."

"그럴게. 더 많이 먹고 싶어서 그러니?"

하루나는 계란과 설탕의 양을 다시 계산해서 늘렸다.

"후후후…… 그건 비밀이야."

장난기 어린 웃음을 짓는 유령 소녀. 이 아이 아니 이 아이들의 꿍꿍이는 뭘까? 전남편이 잊고 간 물건을 찾으러 다시 오는 걸까, 아니면 또 다른 유령이 있다든가.

이런 저런 생각이 든다. 오랜만에 어린애와 같이 팬케이크를 만드니 그립고 슬픈 추억이 부글부글 솟아올라 어떻게 해도 감정이 진정되지 않는다. 오늘 하루는 많은 일이 있구나.

반죽이 완성되고 핫플레이트의 온도도 딱 좋다. 아리사에게 "해볼래?" 하고 권하니 국자가 높이 올라가지 못하고 타원형 팬케이크가 만들어졌다.

"꽤 어렵네."

진지한 얼굴로 팬케이크를 굽는 유령을 흐뭇하게 바라보다 이걸 아리사가 아니라 또 다른 아이, 아마도 이 광경을 밖에서 보고 있을 아스카와도 할 수 있었으면 하고 바라게 된다. 하지만 아리사에게도 그녀를 그리워하는 가족이 있을 것이다. 이 아이를 위해서 해줄 수 있는 일은 없는 걸까.

"자, 다 됐다. 그쪽의 큰 접시에……."

"아줌마, 접시 하나만 더 주세요."

"어, 왜?"

"한쪽 접시에는 아리사와 친구가 먹을 거. 초콜릿하고 블루베리. 그리고 이쪽 접시에는……."

부스럭 부스럭, 아리사가 바지 앞주머니를 뒤적였다.

"이걸 올려달래."

아리사가 내민 손바닥에는 빨간 열매가 있었다.

"그건, 라즈베리……가 아니네."

"응, 산딸기야."

이 아이는 무슨 말을 하고 싶은 걸까.

"아줌마, 이거 좋아하죠. 이거는 산에서밖에 못 구한대."

"아……." 하루나는 아스카와 지낸 날들을 떠올렸다.

──있잖아, 가르쳐줘, 엄마가 좋아하는 팬케이크는 무슨 맛이야?

──산딸기를 올린 새콤한 팬케이크.

"그 애는 엄마를 화나게 했으니까 용서 받고 싶어서 산속에 산딸기를 찾으러 갔대. 그랬는데 몸은 없어져버리고, 엄마랑 아빠는 싸움만 한다고 울고 있었어."

"그랬구나."

아리사의 모습이 쏟아지는 눈물 탓에 뿌옇게 보였다.

알았다.

겨우 알았어, 아스카.

너는 그날 밤, 엄마를 기쁘게 해주고 싶어서 산딸기를 찾으러 갔던 거구나.

그러다 산에서 길을 잃고 목숨을 잃고 말았던 거야.

상냥한 아스카.

엄마는 네 마음을 겨우 알게 되었어.

미안해.

지금까지 계속 울고 있었겠구나.

"아줌마 울면 안 돼. 팬케이크에 눈물이 떨어지잖아."

"미안해."

"그쪽 팬케이크는 아줌마가 먹어야 돼."

"그래, 그래." 하루나는 울면서 눈물이 떨어진 팬케이크를 자기 접시에 담았다. 새콤달콤하고 짠맛이 날 것 같다.

"있잖아, 아리사. 친구에게 전해줄래……. 엄마는 이제 화나지 않았다고…… 용서받아야 하는 건 엄마 쪽이라고."

"응, 알았어."

"그리고, 아빠와도 다시 사이좋게 지낼 테니까…… 이제 팬찮아. 그러니까 걱정하지 않아도 괜찮다고."

"응. 알았으니까, 빨리 줘."

"그래그래."

하루나는 재빨리 팬케이크를 접시에 올리고 토핑을 뿌렸다. 팬케이크를 같이 먹는 건 오랜만이구나. 오늘은 블루베리네. 다음엔 아빠도 같이 먹자.

제3화

헤어살롱 YUJI

1

이 놀이, 뭐였더라── 미카미 유지는 생각을 하고 있었다.

등 뒤에서 움직이는 기척이 났다. 뒤돌아보면 상대는 우뚝 움직임을 멈추고── 아니아니, 이 아이의 경우는 몸 그 자체가 사라지는 거지만.

아, 생각났다. '다루마가 넘어졌다(무궁화 꽃이 피었습니다와 비슷한 일본 놀이)'였어.

관서 지방에서는 '스님이 방구 꼈다'라는 살짝 천박한 이름이라고 신주쿠 2번가 게이바에서 오사카 출신이라던 안코에게 들은 기억이 났다.

정말 못 말려, 이상한 귀신이네. 하고 생각하면서 유지는 거울을 보고 있었다.

왜냐면 뒤돌아보지 않아도 나에겐 네 모습이 보인단 말이지.

내부 인테리어가 빠듯하게 끝나서 삼일 전에야 겨우 미용 기구가 다 들어왔다. 오픈이 내일이라고 광고를 해버렸기 때문에 유지는 더 이상 물러설 데가 없었다. 그래서 둘뿐인 어시스턴트를 데리고 밤낮없이 개업 준비를 해왔다.

오픈 전날 밤에 그들을 집에 보내고 겨우 한숨 돌리나 했더니 이 타이밍에 나타나다니. 그래 이 유령 아가씨, 사람이 혼자 있을 때에만 나타난다고 듣긴 했었지. 부끄럼쟁이구나.

유지가 보고 있는 거울에 비치지 않도록 조심하면서 유령 소녀가 다가오고 있다. 하지만 말이지 거울은 가게 안 도처에 있다고. 거울 속에 비친 다른 거울 속에 양갈래 머리 소녀가 떡하니 비치고 있는걸.

"얘얘, 너 있는 거 다 알고 있거든."

돌아보면 팟 하고 사라진다.

2층의 팬케이크 마마에게도 어지간히 모습을 나타내지 않았다고 하니, 나도 길들이는 데 시간 좀 걸리겠어. 이런이런.

유지는 샴푸대의 등받이를 젖히고 몸을 눕혔다. 피로가 쌓여 있었다.

후우우, 벌써 10시구나. 이대로 자버릴까나…….

"저어……."

"후아, 후아아아암."

입구에서 갑자기 목소리가 들려와 유지는 깜짝 놀라 일어섰다.

시계를 보니 몇 분이 지나 있었다. 깜빡 잠이 든 모양이다. 목소리가 들린 쪽을 보니 이 빌딩의 주인인 가모시타 씨가 어색하게 서 있었다.

하얀색으로 인테리어를 꾸민 마룻바닥과 벽, 접수대의 간접 조명을 받으며 서 있는 60세 노인은 이 헤어살롱과는 어울리지 않았다.

"아아, 주인어른, 안녕하세요…… 죄, 죄송해요. 나, 지쳐서 잠들어버렸나 봐요."

"아, 아아 그러시겠네요. 굉장히 바쁘신 것 같더라고요."

공사하면서 집주인에게 이래저래 폐를 많이 끼쳤다. 싫은 기색 하나 없이 처리해주어서 내일 오픈할 수 있었던 것이다. 감사 인사를 해야지.

가모시타 씨는 가게 안을 두리번두리번 둘러보고 있었다.

"아, 바쁘실 텐데 죄송합니다. 드디어 내일이면 오픈인데 늦은 시간까지 불이 켜져 있기에 괜찮으신가 걱정이 되어서 들렀어요."

"도와주신 덕분에 이렇게, 일정에 맞추어 준비를 마쳤네요. 정말로 감사드려요."

"그것 참 다행이네요."

가모시타 씨는 웃고 있었지만, 열심히 말을 가려 하는 티가 났다.

하지만 이런 어색함은 항상 느끼는 거니까.

사귄지 얼마 안 된 사람과 대화할 때면 상대방은 여장 남자인 자신을 의식해 횡설수설하는 경향이 있다. 본인은 의식하지 않는다고 생각할지 모르지만 대화를 하는 이쪽은 느끼고 마는 것이다. 뭐 입장이 거꾸로 라면 나도 그럴지도 모르지.

위화감은 느껴지지만 상대에게 악의가 있는 건 아니다. 그렇게 생각하다보면 평정심을 유지하라는 자신의 목소리가 들려온다.

"직원분들은……?"

"내일이 오픈이니까 오늘은 이제 집에 보냈어요. 스타일리스트는 체력으로 승부하거든요."

"스타일……리스트."

"가모시타 씨 세대에겐 미용사라고 말하는 편이 친숙하려나요?"

"그렇네요. 우리 집사람도 미용실이라고 말하니까요."

"괜찮으시면 저희 가게에 사모님 한번 데려오세요. 커트랑 세팅을 해드릴게요. 물론 무료로요."

호오, 하고 가모시타 씨의 눈이 빛났다. 뭔가 생각난 것 같다.

"감사하지만 저희 집사람은 오랫동안 항상 다니는 데가 있어서요. 바람을 피워보라고 하기는 어려울 것 같아요."

"그것도 그렇겠네요."

저 정도 연배라면 이미 다니는 헤어 살롱── 아니 미용실은
정해져 있겠지.

"그렇다면 가모시타 씨라도, 한번 저희 집에서 바람을 피워
보시면 어떤가요."

"네, 제가요? 에이, 아뇨, 됐습니다⋯⋯."

가모시타 씨는 그렇게 말하면서 머리가 벗겨진 앞쪽에 손을
얹었다.

"아쉽지만 미카미 씨에게 맡길 만큼 남은 머리가 없네요⋯⋯.
아, 지금 건 농담이니까 신경 쓰지 마시고요."

──그렇게 말하면 오히려 더 신경이 쓰이는걸.

'으음' 하고 유지는 애교 섞인 미소를 띠었다. 누구에게나 콤
플렉스는 있는 법이지.

"아들 부부가 근처에 사니까 소개해드리겠습니다."

"감사합니다. 서비스 해드릴게요."

인사치레라도 집주인과 사이좋게 지내는 건 중요하다. 아무
리 귀신이 붙었다 해도 월 6만 엔이라는 집세는 파격적이다. 알
아봤더니 무사시코가네이역 앞의 대형 체인 미용실은 월세가
20만 엔이라고 한다. 어지간히 손님이 많이 오지 않으면 운영이
되지 않을 것이다. 그에 맞추어 보조 미용사들도 더 많이 채용

해야 할 것이니 유지에겐 무리였다.

그럼, 하고 인사를 하더니 가모시타 씨는 가게를 나가 계단을 내려갔다.

유지는 다시 가게 안에 혼자 있게 되었다.

자 그럼, 그 유령을 어떻게 끌어내볼까나.

유지는 가게 안쪽에 있는 찬장을 열고, 커트 연습용 '위그'라고 불리는 머리 부분만 있는 마네킹을 꺼냈다. 새삼스럽게 연습을 할 필요는 없었지만 유령의 흥미를 끌려면 이런 게 좋을 것이다.

"흠, 흠, 흐으음."

위그를 머리 자르는 곳으로 가져와 빗으로, 그러니까 일반적으로 다들 아는 머리 자르는 시늉을 하기 위해 가발에 빗을 대고 가위질을 반복했다. 즐거운 척 열심히 콧노래를 불러가면서.

──이것 봐. 왔네, 왔어.

거울 한쪽 구석에 양갈래 머리가 흔들리고 있다. 다시 '다루마가 넘어졌다'구나, 그렇지?

근데 저건 어느 시대 헤어스타일이니. 내가 엄마였으면 저렇게 촌스럽게 하고 다니게 두지 않았을 텐데. 참, 나는 저 아이의 내력을 모르지. 아, 그래.

유지는 긴 머리 가발을 양손으로 들어 올려 아리사처럼 양갈래 모양으로 바꾸고…….

"그럼, 어떤 헤어스타일로 만들어줄까나. 이건…… 으음, 별로야, 완전 아니라고, 뭐니 이게, 촌스럽게."

거울 한쪽 구석에서 흔들리던 양갈래 머리가 멈췄다. 좋아, 좋아, 반응이 있어.

"정말 못살아. 요즘 시대에 양갈래 머리를 하고 다니다니 문제가 있다니까. 이런 머리를 하고 다니는 여자애는 대체 어떤 애일까…… 꺄아아아악!"

무심결에 비명을 지르고 말았다.

왜냐하면 어느새 눈앞의 커트 의자에 방금까지 흉을 보던 양갈래 머리 여자애가 앉아 있었기 때문이다.

"왔구나."

유지는 커트 의자에 앉은 아리사의 등 뒤에 있었지만 커다란 거울을 통해 그녀의 표정을 볼 수 있었다.

"어머머, 너, 왜 그렇게 삐져 있니."

"아리사…… 초, 촌스럽지 않거든."

"후후후, 헤어스타일을 지적해서 화가 난 거야? 미안미안, 귀여워라. 당연히 방금 한 말은 농담이지. 그렇게 화내지 마렴."

"그야, 아리사는 치클과 똑같은 헤어스타일인걸. 멋있는 게 당연하지."

헤어스타일을 지적해서 나타나게 만드는 방법은 성공했다. 유지는 방법이 조금 거칠었던 것 같다고 속으로 반성했다. 그건 그런데, 치클이라니…….

"꼬마마녀, 치클?"

"응."

유지는 "손가락을 세우면…… 이라는 주제가의?"라고 하면서 두 번째 손가락을 세웠다.

"맞아, 손가락을 세우면……."

아리사가 똑같은 포즈를 취했다.

이건 내가 어릴 때 본 만화 영화는 아니지만 그 주제가가 어떤 건지는 알고 있다. 그거 1970년대 애니메이션 아닌가? ──얘 대체 몇 살인 거야?

"저기, 유령 아가씨."

"아리사라고 불러."

"아, 미안. 아리사. 혹시 괜찮으면 내가 더 잘 어울리는 헤어스타일로 만들어줄까 하는데."

유지는 그렇게 말하면서 아리사의 머릿결을 만졌다. 사락 흘러내리는 깨끗한 소녀의 머릿결이다.

"정말?"

"물론이지. 너는 이 가게의, 아니 이 빌딩의 소중하고 소중한 손님이니까."

잠깐만 기다리라고 하고 유지는 커트 클로스를 꺼내서 앉아 있는 아리사에게 화악 펼쳐 둘러주었다. 방금까지 눈치 채지 못

했지만 발밑에 검은 고양이가 앉아 있었다.

"이 고양이는……."

"얘는 초코라고 해. 아리사의 친구."

"어머, 이름이 멋지네."

고양이에 대한 정보도 아래층 세입자에게 이미 입수했다. 아무것도 하지 않고 계속 지켜보기만 한다지.

"그럼, 어떻게 할까나."

양갈래로 묶여 있는 고무줄을 잡아 풀고 손을 넣어 머리를 흩뜨린다. 원래라면 먼저 샴푸를 해야 하지만, 이렇게 깨끗한 머리라면 하지 않아도 괜찮아 보인다. 그나저나, 귀신 아가씨의 머리를 해주다니 이런 일은 난생 처음이야, 두근두근 설레라.

"저기."

아리사가 거울 너머로 부른다. 저 표정을 보아하니 내 실력을 의심하고 있나 보네.

"왜에?"

"당신은 아저씨예요? 아니면 아줌마예요?"

"……대뜸 돌직구를 날리는구나."

가위의 움직임을 멈추고 이것만은 확실하게 대답해주었다.

"말해줄게. 나는, 아저씨도, 아줌마도 아니에요."

아리사의 표정이 굳었다. 뭐, 그렇지. 이렇게 이해 못 할 거라고 예상했어.

"후훗, 놀랐니? 세상엔 네가 모르는 세계가 있는 거야."

"인간이 아니야?"

"어머 뭐래니? 귀신에게 인간이 아니냐는 소릴 듣다니. 나는 말이지, 몸은 남자로 태어났지만 마음은 너랑 똑같은 여자란 말야. 사람들이 이러쿵저러쿵 떠들어도 나는 여자야. 여자. 스스로를 레이디라고 생각한다구."

"흐음."

이해를 한 것 같기도 못 한 것 같기도 한 반응이다.

"수염 난 여자는 처음 봤어. 아리사도 나중에 나는 걸까?"

"싫다, 얘."

아리사의 날카로운 지적에 유지는 턱에 손을 댔다. 까끌한 감촉은 부정할 수 없는 남자의 특징이다. 몸가짐에는 항상 주의를 기울이지만, 오늘은 이리저리 바빴기 때문에 몸가짐에 신경을 쓰지 못했다. 이건 반성할 일이야.

"너는 꼭 봐야 할 건 제대로 보는구나. 스타일리스트의 재능이 있을지도 몰라."

"스타일리스트?"

"내가 하는, 이 일을 말하는 거야──. 자, 그럼 어떻게 할까? 올해 유행하는 귀 뒤로 넘기는 숏 보브 커트가 어울릴 것 같은데. 그러면 염색을 하는 것도 좋을 것 같아. 근데 네 나이에 염색 머리는 아직 이르단 말이지. 뱅 스타일 앞머리는 해도 괜찮을 것 같은데⋯⋯."

그나저나 이렇게 어릴 때부터 멋을 부릴 수 있으니까 여자애는 역시 부러워 죽겠어. 내가 어릴 때는 전기바리캉으로 빡빡 밀었는데⋯⋯. 아아, 싫어라. 꺼림칙한 옛 기억이 되살아나잖아.

안 돼, 유지. 지금이 중요한 거야──. 또 다른 자신이 자신을 격려한다.

고생 끝에 겨우 자신의 성 정체성을 찾았다.

내일은 가게도 오픈한다. 그리고 영광스러운 첫 손님은 소문의 유령 소녀니까 좋은 일이 있을 것이다.

2

찰팍, 발밑에서 뭔가가 떨어지는 소리가 났다.

무슨 일이 일어났는지, 유지는 잘 알면서도 차마 말하지 못했다.

유지의 머리를 자르던 어르신이 후우 한숨을 내쉬고 눈앞의 거울에서 모습을 감췄다. 몸을 굽혀 떨어진 빗을 줍는 것이다.

오늘 이걸로 세 번째다. 어릴 때부터 이렇게 어르신이 머리를 잘라주셨지만 커트 중에 몇 번이나 빗을 떨어뜨리시다니, 마치 자기 때문인 것처럼 충격이었다.

고등학교 3학년이었던 12월, 반 친구들은 대부분 대학 수험을 준비하고 있어서 기숙 학원이다 입시 학원이다 다니느라 바빴다. 하지만 아직 진로를 정하지 않았던 유지는 집에서 느긋하게 TV를 보고 있었다.

전화가 울려 받았더니 어르신이었다.

"유지, 머리 다시 잘라줄 테니 가게 끝날 때쯤 오거라. 이야기하고 싶은 것도 있으니까."

에도 사투리를 여전히 다 고치지 못한 어르신이 도쿄에서 특급 열차로 한 시간 반이 걸리는 지방 도시에 가게를 낸 것은 유지와 동생 마사토시가 태어나기 훨씬 전의 일이었다. 어르신의 부인이 이발소의 외동딸이라 그 아버지가 은퇴하면서 가게를 물려받는다고 했다. 그곳으로 하나밖에 없는 제자인 미카미 시게조──그러니까 유지의 아버지도 따라왔다.

어르신과 아버지가 운영하는 '오사와 이발소'는 시내 중심가 교차로 옆에 있다.

그 지역에서는 인기 있는 이발소여서 학교에서 돌아오는 길에 이발소를 들여다보면 손님이 없을 때가 없었다. 커트용 의자가 두 개, 거울에 비친 아버지와 그런 아버지를 지도하는 어르신, 오사와 쇼키치가 하얀 옷을 입고 나란히 서 있는 모습이 항상 그곳에 있었다.

"이발소 아들내미가 꾸질하게 하고 다니면 부끄럽지. 아버지가 잘라주는 게 싫으면 내가 잘라주마."

어르신은 그렇게 말하면서 유지에게 신경을 많이 써주었다. 어릴 때부터 그렇게 머리를 잘라주셨는데 유지가 철들 때까지 그렇게 신경을 써주는 사람은 어르신밖에 없었다.

어머니를 찍은 사진은 불단 옆에 장식되어 있었다. 아버지와, 어린 유지, 아기였던 동생을 안은 젊은 어머니── 가족이 모두 찍힌 사진이다. 영정 사진으로 쓸 만한 것이 이것 하나밖에 없었던 것 같다. 자신들은 이렇게 살아 있지만.

"얘야, 유지야."

찰칵찰칵 머리를 자르는 가위질 소리와 함께 어르신이 말을 꺼냈다.

"이제 봄이 되면 너도 고등학교를 졸업하지 않니. 이제 슬슬 장래를 생각해보면 어떠냐."

"네. 네에?"

가게에 가면 그런 이야기가 나올 거라고 각오는 하고 있었지만 아버지가 아니라 어르신 입에서 그런 말이 나올 줄은 몰라서 놀랐다.

"어, 움직이지 말어. 그러다 귀 베인다."

당황한 듯 말하지만 이건 어르신 나름의 농담이란 걸 안다.

아버지와 아들, 둘이서 얼굴을 맞대고 이야기를 할 시간은 아침밥을 먹는 짧은 시간뿐이다. 일할 때가 아니면 무뚝뚝한 아버지는 하얀 쌀밥을 빠르게 밀어 넣으며 진로에 대해 몇 번 묻곤 하셨다. 그때마다 '응. 뭐' 하면서 대답을 얼버무려 왔는데 그렇게 쌓인 빚이 이렇게 되돌아왔단 말인가.

"뭐, 네 인생이니까. 결정은 네가 하면 되겠지. 그래도 말이다, 중요한 이야기를 뺀질뺀질 피해만 다니면 너한테 좋을 게 하나 없어. 아니면 그거냐 요새 유행하는 젊은 애들처럼 여기서 어슬렁, 저기서 어슬렁거리면서 살려는 거니? 프리 뭐라는 거 하면서."

"프리터가 될 생각은 없어요."

유지는 계속 아버지가 일하는 모습을 보면서 컸다. 그 뒷모습에서 일의 무게에 대해 배웠다.

"뭐여, 그럼 시간이 없으니까 확실하게 정하려무나."

"그게 안 돼서 대답을 못 하는 거잖아요."

예의바르게 대답을 할 생각이었지만 유지는 점점 초조해졌다. 정작 아버지는 아무 말 없이 가게 뒷정리만 하고 있었다. 그래도 듣고 있긴 하겠지.

"그러면 말이다. 내 생각을 확실히 말해주마, 알겠니."

커트가 끝났는지 어르신이 브러시로 유지의 목덜미와 얼굴을 툭툭 턴다.

"유지…… 너, 방금도 내가 빗을 세 번이나 떨어뜨리는 거 보지 않았냐."

"……네."

"난 말이다, 관짝에 들어가기 직전까지 이렇게 빗과 가위를 들고 싶었지만 결국은 이렇게 늙어 무뎌지고 말았단다. 앞으로 몇 년은 더 버틸 수 있을지도 모르지만 이렇게 손님을 상대하는 일이다보니 슬슬 물러날 때를 생각해야 될 것 같다 말이야. 이러다 참말로 손님 귀라도 찢어버릴지 모르니까."

칠십이 넘은 어르신이 무슨 이야기를 하고 싶은지 슬슬 감이 왔다. 그건 아마도 아버지는 원하는 일이지만 자신은 원하지 않는 일일 것이다.

"알았으니까 됐다고 얼굴에 써 있구나. 유지, 너 봄이 되면 도쿄에 가서 이발사 공부를 해보면 어떠냐, 네가 그럴 생각만 있다면 내가 돈을 대주마. 네가 이 가게로 돌아올 때까지 나도 힘내서……."

"어, 어르신."

유지는 저도 모르게 일어섰다. 몸에 걸쳐놓은 커트 클로스에서 자신의 머리카락이 사락사락 떨어져 내렸다.

"마음 써주셔서 감사합니다, 아버지가 여기서 일하실 수 있어서 저도 동생도 고등학교까지 잘 다닐 수 있었습니다."

"어이어이, 유지 진정하거라."

"어르신도 아버지도, 이 가게가 앞으로 어떻게 될지를 가장 신경 쓰고 계신다는 거, 저도 잘 알고…… 있습니다."

한 번 크게 숨쉬고, 두 사람을 보았다.

"제가 하고 싶은 건 이발……이 아니라, 미용이에요."

그렇다. 청결한 가게 안, 헤어 왁스 냄새, 빙글빙글 돌아가는 적백청색의 이발소 간판——전부 다 자신의 가까이에 있던 것이다.

하지만 진심으로 하고 싶은 걸 생각했을 때 떠오르는 것은 파마약 냄새, 스타일링 하는 곳과 별도로 떨어진 샴푸대, 커트 빗이 아니라 미용 빗…….

유지는 짤깍짤깍 머리 자르는 가위 소리를 자장가 삼아 자라 왔다. 샐러리맨이 되고 싶다는 생각은 한 번도 해본 적이 없었 다. 하지만 자신이 다루고 싶은 것은 남자의 뻣뻣한 머리가 아 니라 여성들의 부드러운 머리였다.

왜냐하면 자신도 '여성'이기 때문에.

좋아하는 것을 솔직하게 밝히다가 자신이 주변 남자애들과 다르다는 것을 알아챈 것은 초등학생이 되었을 무렵이었다. 괴 수보다는 인형이, 무슨무슨 레인저보다는 세일러 문이, 야구나 축구보다는 발레나 체조가……. 마이너리티한 자신의 불편한 마음을 남자라는 가면을 쓰고 지내왔다. 마음과 몸의 밸런스가 이상해지기 시작한 것은 사춘기 때부터였다. 내면의 여성을 배 신하듯이 목소리가 변했다. 근육, 체모…… 전부 남자라고 증명 이라도 하려는 듯 변하면서 자신을 괴롭혔다.

남자는 남자, 여자는 여자. 그것이 당연하다고 말하는 사회를 살아야하는 고달픔에 짓눌려 가며 열여덟 살이 되는 오늘까지 버텨왔다. 하지만 이제는 한계다. 전부 털어놓고 자유롭게 자신을 해방시키고 싶었다. 그런 남에게 말할 수 없는 고민을 안고 있었다.

 졸업 후의 진로뿐이 아니다.

 '살아가는 방식' 그 자체를 결정하지 못하고 있었다.

 "아버지, 저는……."

 "유지, 머리 감고 면도해줄 테니 앉아라."

 아버지의 강한 어조에 눌려 유지는 세면대 앞에 쭈그려 앉았다.

 "뭐냐, 이발소가 아니라 파마집이 좋으냐. 그래서 너는 그걸 계속 고민하고 있었던 거야?"

 이제야 이해했다는 듯한 어르신의 목소리가 머리 위에 울린다.

 "뭐 그런 거면 나는 전혀 상관없어. 여자 손님도 늘어난단 말 아니냐."

 어르신에게는 두 명의 딸이 있지만 가업과 시골생활이 싫다는 이유로 고등학교를 졸업하자마자 도쿄에 나가버렸다. 그쪽에서 결혼해서 지금은 가정주부로 살고 있다.

 "어이, 시게조. 자네도 그렇게 생각하지?"

아버지는 어르신의 물음에 대답하지 않고 유지의 머리를 씻기고 있다.

──사실은 앞으로 숙이고 샴푸하는 것도 싫다. 누워서 받는 샴푸가 얼마나 기분이 좋은데. 아버지의 억센 손길, 너무 강해서 남자인 걸 의식하게 된다.

아버지는 숲을 바라보고 있었다. 삼십 대에 결혼해서 두 아이를 가졌지만 얼마 안 가 아내를 잃었다. 이야기하기를 꺼려서 자세히 듣지는 못했지만 병사라고 했다.

샴푸가 끝난 후 면도에 들어갔다. 유지는 하지 않아도 괜찮다고 생각했지만, 아버지가 하시는 대로 따랐다. 아버지는 유지의 얼굴에 스팀타월로 마사지를 하고 부드러워진 피부에 세이빙 크림을 올리고 면도날을 댔다.

"유지, 입 다물고 듣도록 해라."

가게를 닫기 시작한 어르신을 신경 쓰면서 아버지가 유지에게만 들리는 작은 목소리로 말했다.

"나는 네가 무슨 이야기를 하는지, 왜 미용사가 되고 싶어 하는지. 다 안다."

스윽스윽 턱 아래를 밀어 올리는 감촉. 언제까지나 익숙해지지 않는다.

"하지만 나는 남자다. 너를 낳아준 어머니는 여자지. 세상은 남자와 여자로 나뉘어 있어. 그 정도는 너도 알겠지. 그래서 네가 더 괴로워한다는 걸 난 알고 있다."

무슨 말이 하고 싶은 걸까. 아버지의 독백과 면도날의 감촉에 소름이 돋았다.

"네가, 네 마음에 솔직하게 살고 싶다면 내가 그걸 막을 수는 없겠지. 하지만 유지. 이세상이 네가 바라는 대로 굴러가지 않는 것도 알고 있겠지. 유감이지만 그게 현실이라는 녀석이다. 그런데도 너는 마음 가는 대로 살겠다는 거냐."

"아버지……."

자신의 성정체성이 다른 것을 아버지는 진작 알고 있었던 것이다.

"미안하지만 유지, 나는 여기 어르신께 신세를 지면서 지금까지 살아왔어. 너도 마사토시도 마찬가지다. 이분들의 은혜에 보답하는 건 당연하다고 생각하지만 네가 그 일에 도움이 될 것 같지는 않구나. 오히려……."

"이제 알겠어요."

면도날의 움직임이 멈췄다.

"이 가게에, 아니 이 마을에 내가 있으면, 가게와 어르신에게 폐를 끼치게 된다는걸요."

특급 열차가 다니긴 하지만 좁은 시골 동네다. 자신에 대해 소문이 나면 가게 경영이 어려워 질 거라고 생각하는 거겠지.

"나, 졸업하면 이 마을을 떠날게. 다시는 돌아오지 않을래요."

"유지."

"괜찮아요. 아버지를 원망하지 않아요. 하지만 나, 자신을 속이면서 살고 싶지는 않아."

아버지는 아무 말도 하지 못했다.

"지금까지 고마웠어요. 혼자서 살아갈 테니까. 이제 신경 쓰지 않으셔도 되요. 나도 연락하지 않을 테니 안심하세요. 이 가게 말인데, 마사토시도 이발사에 흥미가 있는 거 같으니까 그 녀석에게 물어보세요."

유지는 이때, 여자로서 살아가자고 결심했다.

이 마을과, 가족과도 헤어지겠다는 결심도 함께.

3

"머리가 이게 뭐야, 미묘해."

"유령 주제에 건방진 소리를 하는구나."

게다가 너, 어디서 그런 말투를 배워온 거야——랄까, 나한테 배운 거구나.

"유령 아니야, 아리사라고. 안 그러면 나도 여장 남자라고 부를 거야."

"조용. 유지라고 불러."

여장 남자라는 말도 내가 했던 거네. 어이구 이런.

아마도 나이 차이는 서른 살 정도 나는 것 같다. 하지만 어디서 죽이 맞았는지 유령 소녀와 유지는 완전히 사이가 좋아졌다. 헤어살롱 YUJI가 무사히 개업하고, 가게 영업 후에 보조 미용사가 돌아가고 난 뒤, 두 사람은 매일 밤 커트를 하면서 이야기를 나눴다. 조금 특이한 여자들의 수다 시간이었다.

아리사는 나타날 때마다 손에 만화책을 들고 있거나 입가에 초콜릿 크림을 묻히고 있었다. 아래층 세입자들과도 관계가 좋은 모양이다.

집주인인 가모시타 씨 말로는 얼마 후 4층에 변호사 사무실이 들어온다고 한다.

아래층 가게들과 비교하면 전혀 다른 쪽의 사무실이 들어오는구나 싶다. 하지만 무언가 문제가 생겼을 때 도움 받을 수 있을지도 모르니 그건 그것대로 고마운 일이다.

"있잖아, 유지 씨. 아리사는 역시 이 헤어스타일이 마음에 들 것 같지가 않거든."

"나는 이 헤어스타일이 마음에 안 들어――겠지. 문법을 지킵시다. 그리고 너, 내일이면 어차피 치클 헤어스타일로 돌아가잖니. 잠깐인데 좀 참아봐."

뿌우―― 입술을 내미는 유령 소녀――. 넌 이미 충분히 귀엽거든. 뭐 확실히 〈레옹〉의 마틸다처럼 숏 보브 스타일을 하면

애니메이션 〈사자에 씨〉에 나오는 와카메처럼 보일 게 분명하겠지. 우웅꿀꺽(애니메이션 〈사자에 씨〉 마지막 부분에서 항상 들리는 사자에 씨가 음식을 삼키는 소리.)

그건 그렇고 상당히 편리한 커팅 모델을 구해서 유지는 기뻤다. 이렇게 소녀의 아름다운 머릿결을 만지는 것만으로도 충분히 힐링이 되는데, 이 커팅 모델은 다음 날엔 다시 예전의 양갈래 머리로 돌아가서 나타나니까 몇 번이라도 연습을 할 수 있는 것이다. 가까운 시일 내에 보조 미용사에게도 시켜보고 싶은데──. 아, 그런데 얘는 나 혼자 있을 때만 나오는 거였지?

"유지 씨, 질문이 있어!"

"뭔데, 아리사."

"유지 씨가 커트를 잘한다는 건 알겠어요."

"어머나 그것 참, 감사합니다."

"그런데 유지 씨는 왜 이 일을 하고 싶어졌어요?"

"이야기를 하자면 길어요."

"긴 건 싫어, 짧게 해줘."

"아, 정말 귀염성 없는 유령이네."

"시끄러, 여장 남자."

"조용, 몇 번이나 말하니…… 그게 말이지, 그럼 짧게 이야기할게. 우리 아버지도 이렇게 머리 자르는 일을 하셨어. 어릴 때부터 쭉 아버지가 일하시는 걸 보면서 자랐지. 나도 어른이 되면 같은 일을 해야지 하면서."

말하면서 유지는 가슴속이 따끔따끔 아파왔다.

"아버지가 하시던 일과 지금 내가 하는 일은 똑같이 머리를 자르는 일이지만 약간 차이가 있어. 나는 여자 손님을 상대하잖아."

"그건 유지가 여자니까 그렇지."

"응. 나는 마음이 여자니까 여성들의 아름다움을 가꾸는 일이 좋아. 그래서 이런저런 일이 있어서 스타일리스트가 되는 수업을 듣게 된 거야."

"힘들었어?"

"그야, 뭐. 돈이 없으니까 미용 학교에는 갈 수 없었어. 헤어 살롱에서 견습 아르바이트를 하면서 3년 동안 통신교육과정을 이수했다……는 말이지, 이런 이야기를 너에게 해도 의미는 없지만."

혼나고, 무시당하고, 괴롭힘 당한 적도 있지만── 그런 시간을 견딘 덕분에 지금이 있다.

"유지 씨 가족들은 도와주지 않았어?"

"내가 괜찮다고 거절했어. 가족에게 폐를 끼치고 싶지 않았거든──. 너 은근히 어른스러운 질문을 하는구나."

18년 전 깨끗하게 연을 끊었다. 그 선택에 후회는 없었다. 동생에게 연락처는 알려주었지만 아버지와는 마지막까지 서로 대화를 나누지 않았다. 서로 고집을 부렸던 건지도 모른다.

돌아가신 걸 안 것도 49제까지 모두 지난 후였다. 동생이 아무리 부탁해도 아버지는 끝까지 연락하는 걸 허락하지 않았다고, 나중에 동생이 울면서 이야기했다.

그때부터로 3년이나 지났구나.

이렇게 가게를 차린 것 정도는 알리고 싶다.

무심코 진지하게 이야기해버린 유지는 곁눈질로 아리사를 살펴보았다. 아리사는 창문 너머를 보면서 입을 뻐끔뻐끔하고 있었다. 누군가와 이야기하는 것 같이 보이는 게—— 어 설마 이게 소문으로 듣던 그건가?

"……아리사."

"응, 응응, 왜에?"

"너 지금 밖에 있는 누구랑 이야기하는 거니?"

"아, 아니야. 이야기 안 하는데."

알기 쉬운 유령이다. 쇼트 보브 컷을 좌우로 힘차게 흔들지만 눈빛이 흔들리고 있다.

그렇다면 나도 거짓말을 해볼까.

"저기 아리사, 나는 이 빌딩에서 꽤나 영향력 있는 여장 남자니까 내가 명령만 하면 넌 1층 고서점에서 만화책을 못 보게 되거나, 2층 카페에서 팬케이크를 못 얻어먹을 수도 있어. 너한테 불리한 일을 잔뜩 할 수 있단 말이야."

꿀꺽, 아리사가 침을 삼켰다.

'좋아, 넘어왔구나.' 그렇게 생각한 유지는 아리사의 귓가에 대고 속삭였다.

"이 일은 나와 너만의 비밀로 할게, 아무한테도 말 안 할 테니까 가르쳐줘. 창밖에 있는 건 누구니?"

어떻게 하는 게 이득일지 계산해본 아리사는 잠시 생각하더니 눈에 힘을 주고 양손을 통 모양으로 만들어 유지의 귓가에 가져다 댔다.

"저기에…… 여자가…… 있어."

──두근.

등줄기로 전기가 달리는 감각.

상당한 놀라움과 약간의 낙담이 뒤섞여 지금 유지가 느끼는 감정은 쉽게 말로 나오지 않았다. 아버지와는 돌아가신 뒤에도 인연이 끊어진 채인 것이다. 그 대신 밖에 있는 사람은……

유지는 가게 뒤쪽으로 뛰어 들어갔다. 사물함에서 사진첩을 꺼냈다.

"아리사……" 작은 목소리로 다시 불렀다. 바깥의 인물에게 들리지 않도록.

"밖에 있는 여자라는 게, 이 사진에 있는 사람?"

고향을 떠나는 날 마음대로 가지고 나온 사진이다. 아버지와는 연을 끊었지만 돌아가신 어머니는 지켜봐주실지도 모른다고 생각했다.

계속 사진을 바라보던 아리사가 고개를 끄덕였다.

그래.

오래전에 돌아가신 어머니가 나를 지켜봐주고 계셨구나.

눈앞이 부옇게 흐려졌다. 나이 탓인지 요즘 눈물이 많아져서 큰일이다.

안 돼. 이런 모습을 보면 아리사에게 혼날지도 모른다. ──순간 그런 생각이 든 유지는 다시 가게 뒤로 뛰어 들어가 휴지를 세 장 뽑아 흐웅 코를 풀었다.

화장이 엉망이잖아. 이런 얼굴로 무사시코가네이역 앞을 걸어다니면 경찰에게 검문당하기 딱 좋겠어.

하지만 슬퍼서 흘리는 게 아닌 눈물은 태어나서 처음이다.

"홍, 홍, 흐흐~홍."

경쾌한 발걸음으로 빌딩 계단을 내려와 1층 복도를 지난다. 기분 탓인지 발소리도 평소와 다른 느낌이 든다. 타일이 붙은 바닥이 탁탁 투웅 하고 울렸다.

──뭐, 뭐니, 투웅이라니.

어머니 영혼이 지켜봐주는 걸 알게 되어서 가벼워진 내 마음의 소리가 난 걸까. 오늘은 굉장히 굉장히 행복한 하루가 될 게 분명하다. 유령 소녀에게 감사해야겠어.

그때, 유지의 가방 속에서 스마트폰 벨소리가 울렸다.

《마사토시》라는 글씨가 표시되어 있었다. 어지간히 연락을 하지 않는 동생이 이런 시간에 연락을 하다니 좋지 않은 일이 생긴 게 분명하다.

유지는 심호흡을 하고 통화 버튼을 눌렀다.

오랜만에 듣는 동생의 목소리가 전한 소식은 예상대로 좋지 않았다.

〈형…… 어르신이 이제 얼마 못 버티실 것 같아.〉

"그렇……구나."

〈중요한 이야기가 있으니까 형이 와줬으면 하신대.〉

어머니가 나타난 것을 알게 된 순간 연락이 왔다. 의미가 있을지도 모른다.

"알았어. 내일은 가게가 쉬는 날이니까 그쪽으로 갈게."

〈그리고 형…… 부탁이 있는데.〉

"남자 모습으로 가면 되는 거지? 알았어."

그래. 그 마을에서 나는 남자였다.

4

시 외곽의 병원 위층. 그 병실 중 하나에 어르신이 누워 계셨다.

창 건너편으로 시가지가 보인다. 유지가 18년을 보낸 마을이
자, 18년 전에 버린 마을이다.

"어르신, 형이 왔어요."

동생인 마사토시가 귓가에서 부르자 구십 세가 넘은 어르신
이 가늘게 눈을 떴다.

어르신은 중병은 아니지만 3년 전 제자인 유지의 아버지가
돌아가신 후 기운이 다한 것처럼 쇠약해졌다고 한다.

천정을 바라보던 눈동자가 천천히 옆으로 움직이더니 유지
를 바라보았다.

"유지……."

어르신은 오른손을 천천히 들었다. 유지는 그 손을 양손으로
감싸 쥐었다.

마주 잡아오는 힘은 없었지만 온기는 어릴 때 기억 그대로였
다. 쭈글쭈글 주름투성이에 거슬거슬 거친 손.

"어르신, 오랜만에 뵙습니다."

"마사토시에게 들었다……. 도쿄에서 미용실을 열었다지.
너…… 장하다. 열심히 했구나."

"……네."

목소리는 작았지만 입담이 좋은 건 여전했다.

유지는 무슨 말이라도 해야겠다 싶었지만, 아무 말도 하지

못했다.

"유지…… 너 말이다."

"네."

"나는 네가 여자가 되었다고 들었는데…… 그게 아니었나?"

"네에?"

깜짝 놀라 동생을 보자 고개를 흔들고 있다. 자기가 말한 게 아니라는 뜻이겠지.

"그래서 집을 나가서, 도쿄에서 열심히 노력한다고…… 네 아버지에게 들었다만."

아버지가, 어르신에게 말했다니 ── 금시초문이라 놀라웠다.

다시 한번 마사토시를 보았지만 그도 똑같이 놀란 얼굴을 하고 있었다.

"그 녀석이 그렇지. 이상한 소문이 나서 가게에 폐를 끼치면 안 된다고 생각했을 게야. 네게는 고생만 시켜서 미안하게 됐구나……. 그래도 네 아버지는 고민해서 내린 결정일 게야, 용서해주려무나."

"네, 네에."

용서하고 자시고 아버지는 이미 이 세상 사람이 아닌데.

어르신이 하고 싶다던 중요한 이야기는 이것일까.

"정말이지…… 너희 형제에게는 마지막까지 민폐만 끼쳐서 정말 면목이 없구나."

"무슨 말씀이세요. 저희야말로 어르신께 신세만 겼는데요."

마사토시가 어른스러운 어조로 대답했다.

18년 전 이야기했던 대로 유지 대신 이발사 수업을 받은 동생은 돌아와서 가게를 이었다. 3년 전 아버지가 돌아가실 때까지 둘이서 가게를 운영하면서 은퇴한 어르신을 기쁘게 해드렸던 것이다. 지금은 초등학생인 동생의 두 아들 중 하나가 이어준다면 가게는 계속해나갈 수 있을 것이다.

"그래, 너희에게 하고 싶은 말은…… 그 가게에 대한 이야기다."

꿀꺽. 동생이 침을 삼키는 것을 유지는 곁눈질로 보았다. 어르신이 돌아가신 후 가게를 계속하려면 장소에 문제가 있다. 어르신은 선대의 사위이기 때문에 가게를 상속받을 수 있었지만, 마사토시는 제자의 아들이기 때문에 상속을 받을 권리는 없었다.

"마사토시, 단골 손님들은 네 실력이 맘에 들어서 오는 거니까 어디서 가게를 열어도 다시 올게야, 하지만 나는 선대로부터 물려받은 그 가게가 계속 되었으면 한다……. 그러니 그 가게는 네게 남기마."

"어, 어르신…… 하지만 따님이 계신데."

동생이 주저하는 이유를 유지도 이해할 수 있었다.

어르신에게는 두 명의 자식이 있었다 ——. 게이코와 아키코라는 이름의 자매였다.

두 사람 다 유지와 동생이 태어나기 전에 집을 나갔기 때문에 만난 적은 손에 꼽을 만큼 적었다. 둘 다 예순이 넘었을 것이다.

"뭘, 걔들은 괜찮아, 신경 쓸 것 없다. 내가 이리 되었는데 얼굴도 비추지 않는 것들에게 무슨 정이 있다고. 오히려 먼저 떠난 마누라를 대신해 날 돌봐준 건 마사토시── 네가 아니냐. 네 쪽이 훨씬 더 피를 나눈 가족이지."

"아, 아니. 하지만."

동생이 동요하는 것도 이해가 된다.

지방도시라고는 해도 중심가의 가장 좋은 상권에 있는 부동산이다. 아무리 어르신 마음대로라고는 하지만 그냥 받으면 나중에 분쟁이라도 생기지 않을까 걱정이 되겠지.

"정말 괜찮다니까……. 실은 여기 들어오기 전에 벌써 변호사 선생님과 상담해서 유언장을 작성해 놨어. 세금이 나온다고 허던데 그 부분도 잘 돌려받도록 해놨으니까 걱정하지 말려무나. 내가 죽으면 그 선생님이 나서줄 거야."

"어르신……."

동생의 목소리가 떨렸다. 이분은 우리를 이렇게까지 돌봐주시는 건가.

"유지."

"네."

힘이 많이 빠졌지만 어르신의 눈은 유지를 굳건히 바라보고

있었다.°

"너를 오늘 여기 부른 것은…… 앞으로도 마사토시의 힘이 되어 주었으면 해서란다. 앞으로도 형으로서 저 아이를 든든히 받쳐주었으면 해……. 이것이 네게 하는 마지막 부탁이란다."

"알겠습니다."

"그리고 말이다……." 운을 뗀 어르신이 천장을 보았다.

"아니, 아무것도 아니다……. 할 말이 있었던 것 같은데 까먹어버렸네, 아하하."

어르신의 부자연스런 웃음에 형제는 잠시 마주보며 의문을 가졌지만, 금방 유언의 일로 머릿속이 가득해졌다.

5

일주일 후, 어르신은 잠들 듯이 숨을 거두었다.

유지는 일을 하느라 장례식에 참석하지 못하였으나 그 뒤에 걱정하던 소란이 일어났다고 동생에게 연락이 왔다.

〈어르신의 장례식 후에 변호사가 유언장을 개봉했는데 그로부터 사흘 뒤에 자매가 가게로 찾아와서 자기들에게도 유언장이 있다고…….〉

동생은 그녀들이 내보인 유언장을 휴대전화로 찍어 보내주었다.

그 유언장은 마사토시에게 가게를 물려준다는 첫 번째 유언장 내용과 비슷했지만 확실히 다른 부분이 있었다. 물려받는 사람이 자매 이름으로 바뀌어 있었다.

장녀인 케이코 씨는 "유언장은 아버지가 병원에 입원하신 후에 쓰인 것으로 민법상 새로운 것이 우선시 됩니다."라고 주장하고 있었다.

〈형, 어쩌지……, 나 가게에서 쫓겨나는 거 아닐까?〉

"괜찮아. 내가 널 지켜줄게. 어르신과도 그렇게 약속했는걸."

유지의 마음속에서 불끈불끈 투지가 솟아났다.

그나저나 이건, 대체 어떻게 된 일인 거지.

"으음……."

젊은 변호사는 아이패드로 유언장 사진을 보면서 골몰하고 있었다.

헤어살롱 영업이 끝난 후 유지는 뒷정리를 보조 미용사들에게 맡기고 위층에 오픈한 '요쓰야 법률사무소'를 찾아갔다.

얼마 전 개업 인사를 하러 온 그가 '곤란한 일이 생기면 상담해드리겠습니다'라고 했기 때문에 유지는 바로 찾아가보기로 했다.

손에 턱을 괴고 생각하는 포즈── 나름 섹시하잖아. 1층 고서점 주인 씨도 그렇고 여기 있는 변호사 씨도 그렇고 이 빌딩은 미남이 많아서 기쁘다.

——아냐아냐, 그게 중요한 게 아니지.

"선생님 어떤가요? 이 두 번째 유언장은."

유지의 질문에 대답하지 않고 화면을 물끄러미 바라보던 변호사 요쓰야 겐이치는 '흐음' 하고 무언가 찾아낸 듯 크게 고개를 끄덕였다.

"저는 법률 전문 변호사라 정확한 필적 감정은 못 합니다. 하지만 유언자의 따님이 가져오셨다는 이 두 번째 유언장은 아마도 위조한 것 같네요."

유지는 숨을 죽였다.

"여길 봐 주세요." 변호사가 화면을 확대했다.

"히라가나의 '사(さ)'라는 문자가 있는데요. 동생분이 받은 유언장에는 2획 째와 3획 째를 한 번에 붙여 썼는데 두 번째 유언장에는 이 부분을 각각 떨어지게 썼습니다. 유언자는 90세가 넘으셨으니 전쟁 전에 교육을 받으셨겠죠. 이 부분을 붙여 쓰라고 배우셨을 겁니다. 그러니 첫 번째 유언장이 진짜입니다. 그리고……여기."

변호사가 문장의 마지막 부분을 가리켰다.

"첫 번째 유언장의 서명은 오사와(大澤)라는 옛날 한자를 쓰셨는데 그에 비해 이쪽에는 오사와(大沢)라고 날인하셨죠. 게다

138

가 이쪽에는 싸구려 고무도장을 찍으셨는데 첫 번째 유언장과 이런 조잡한 유언장을 같은 분이 작성하셨다고는 생각되지 않는군요."

"역시 이건 어르신의 유언장에 불만을 가진 자매들이 자신들에게 상속받을 권리가 있다고 주장하려고 만든 거네요."

"하지만" 하고 요쓰야 변호사가 말을 이었다.

"두 번째 유언장이 위조라고 증명할 수단이 없다면 재판을 해야 할 겁니다. 아마 저쪽도 변호인을 세워서 주장해올 테니까요."

"재판……."

상당히 일이 커질 것 같다.

"그렇게 된다면 시간과 비용이 들겠죠?"

"그렇겠지요. 미카미 씨 혹시 교토의 가방 가게 상속에 대한 이야기를 들어보신 적 있습니까?"

"아, 들어본 적 있어요."

"실은 지금 상담하신 건이 필적 감정을 비롯해서 그 교토에서 있었던 유산 분쟁과 비슷한 부분이 많아서 생각이 났습니다. 선대의 사망 이후 상속문제가 생겨서 유언장의 진위를 놓고 분쟁이 있었죠. 8년 후에나 판결이 났습니다."

"그렇게나 오래 걸렸군요."

아무 말도 할 수 없었다. 그런 어설픈 가짜 유언장 때문에 그렇게까지 하지 않으면 안 되는 걸까.

잠깐이지만 변호사 사무실에 무거운 침묵이 흘렀다.

"저라도 괜찮으시면 성심성의껏 도와드리겠습니다. 하지만 가장 좋은 방법은 재판까지 가지 않고 당사자 간에 협의를 하는 것, 입니다만……."

이렇게 될 줄 알고 가짜를 들이민 사람들이다. 대화로 해결될 리가 없지. 게다가 당사자들이 도쿄에 있어서 내일 우리 가게로 찾아온다니.

"선생님 그럼 상대방에게 한 방 먹일 만한 증거가 있으면……."

"그런 게 있다면 가장 좋겠죠."

"없단 말이죠, 그게."

어쩌면 좋을까—— 유지는 우울한 기분으로 계단을 내려왔다.

"늦었잖아."

보조 미용사는 퇴근했는지 오늘도 트윈 테일 스타일로 돌아간 아리사가 미용의자에 앉아서 기다리고 있었다.

"반가워, 아리사."

"어라, 유지. 기운이 없네."

"이런저런 일이 있어서. 오늘은 미안하지만 네 머리를 해줄 기운이 없어."

"흐음." 아리사는 이해했는지, 이해하지 못했는지 애매한 대답을 했다.

사실은 유령 상대로라도 푸념을 늘어놓고 싶지만 이 아이에게 그런 이야기를 해봐도 소용없다는 걸 잘 알고 있다. 나도 참 무슨 생각인지.

그러자 아리사가 밖을 보면서 입을 뻐끔뻐끔 거렸다.

"유지 씨, '전할 말이 있으니까 메모하라'——는데?"

"밖에 있는 사람이 그래?"

"응, 어서 빨리."

유지는 아리사의 재촉을 듣고 프런트에서 예약용 메모지를 가져왔다. 이건 즉, 밖에 있는 우리 어머니가 조언을 해주시는 거란 말이겠지.

"'지금부터 중요한 이야기를 할 테니까 잘 적어라'——래."

"알았어."

"어, 그러니까, 우선…… 어 뭐라고? '패밀리 레스토랑에서……'라는데, 뭐지?"

아리사의 요령 없이 전하는 말 속에서 유지는 마구잡이로 쏟아지는 정보를 메모해나갔다. 그건 바로 내일 찾아올 자매들을 한 방 먹여줄 수 있는 정보들이었다.

——하지만 이거, 믿을 만한 정보겠지만, 유령이 주는 정보를 어떻게 쓰면 좋을까나.

당혹해하면서도 필사적으로 메모하던 유지는 마지막으로 나온 정보를 듣고 깜짝 놀랐다.

"으아아앗, 어르신이 그런 일을 했다고?!"

6

"꽤 번듯한 가게군요."

"감사합니다."

느긋하게 인사를 나눴다. 오늘의 유지는 남자 모습이었다.

"오모테산도에 있는 헤어살롱만 오래 다녔지 이런 교외에 있는 미용실은 처음 오는 거 같구나. 그렇지 않니, 아키코."

"응, 맞어."

어머나 그것 참, 대단들 하시네요.

에둘러 빈정거리는 언니 게이코는 옛날부터 재수가 없었는데 십 년이 훌쩍 지나도 변함없이 싸가지가 없었다.

유지는 있는 힘껏 가식적인 미소를 지었다. 등 뒤로 돌린 손에는 중지를 세우고 있었지만.

어머, 조심해야지. 거울에 비쳐서 보이잖아.

어르신의 친딸인 게이코와 아키코 자매가 유지를 찾아온 것은 영업이 끝난 후였다. 꽤 부유한 생활을 하고 있는 듯 보였다.

빌딩 앞에 시나가와 번호판을 단 택시가 멈춰 섰을 땐 어떤 귀부인이 오시나했더니만. 아니, 그렇게 부자라면 모범택시를 전세내서 타고 왔으려나.

두 사람 다 고등학교를 졸업한 뒤 마을을 나와 도쿄로 진학했다. 그건 유지와 마찬가지였지만 아버지 돈으로 대학을 졸업한 뒤에는 거의 돌아오지 않게 되었다. 그대로 결혼을 하더니 출산, 아이를 돌보고 집안일을 하면서 그 나이까지 행복한 인생을 살아왔을 것이다.

게이코는 갈색으로 염색한 머리를 뒤로 넘겨 샤넬 머리핀으로 고정하고 있었다. 새빨간 립스틱은 바지 색에 맞춘 걸까? 기합이 팍 들어가 있는 것이 옷차림에서 전해져 온다. 위압감을 주려고 차려입고 온 듯했다. 한편, 동생인 아키코는 수수한 원피스 차림이었다. 긴장했는지 가게 안을 두리번두리번 구경하는 모습에서 언니에게 억지로 끌려온 느낌이 났다.

"바로 본론으로 들어갈게요. 유지 씨, 당신이 동생의 대리로서 우리와 이야기하는 거라고 생각해도 되겠죠."

"네, 어르신께서도 제게 동생을 맡기셨으니까요."

어르신 이야기를 꺼내자 언니인 게이코의 오른쪽 눈썹이 꿈틀 움직였다.

"그럼 보여드리겠어요——. 이것이 정식 유언장입니다."

그렇게 말한 게이코가 라운지 소파에 앉더니 테이블 위에 종이를 펼쳐 놓았다. 어젯밤 변호사 선생님이 가짜라고 간파해냈던 유언장의 실물이 나타났다.

──그럼, 어떻게 요리해줄까나.

긴장으로 유지의 손에 땀이 흥건했다. 그럼에도 유지는 게임이라도 하는 것처럼 즐거운 기분으로 승리를 확신했다.

"이것은 말이죠. 아버지가 입원하시고 저희가 병문안을 갔을 때 받은 유언장입니다."

"유언장이 작성된 날짜에 병원에 오셨던 거죠?"

"보면 알잖아요."

"그 병원에 병문안을 가려면 접수처에 이름을 기록하고 들어가야 합니다. 그날 방문 기록에는 이름이 없으셨어요."

"그건…… 무언가 실수가 있었던 거겠죠."

"그럴지도 모르죠. 그럼 어르신이 이 유언장을 입원하신 뒤에 작성하셨다는 거죠."

"그래요."

"의사 선생님 말씀으로는 어르신은 펜을 쥘 기운조차 없으셨다고 들었습니다만."

"우리가 있을 때는 기운이 나셔서 잘 적으셨어요. 그렇지 않니? 아키코."

"어어, 응."

──뭐니 이거. 콩트하는 거 같잖아. 유지는 웃음을 꾹 눌러

참았다.

그건 그렇고 세게 나오는 큰 딸에 비해 둘째 딸의 안색이 나빠 보이는 건 무슨 이유일까?

혹시 '어르신 효과'가 나오고 있는 걸까나?

"유지 씨, 당신 혹시 의심이라도 하는 건가요?"

"뭐, 딱 잘라 말하자면 그렇습니다. 필적이나 찍혀 있는 도장이 어떻게 봐도 진짜와는 비교가 안 되어서요."

"그러시면 저희는 법정에서 만나서 확실하게 진위를 가려도 상관없습니다. 이쪽은 이미 변호사도 다 준비되어 있어요."

"저희 쪽도 이 위층에 바로 변호사 사무실이 있기 때문에 상관없습니다. 하지만 그전에 약간 확인하고 싶은 게 있는데요."

드디어 아리사를 통해 어머니에게서 입수한 정보를 꺼낼 때가 되었다.

사실인지 아닌지, 유지도 정확히 알 수 없었지만 지금은 어머니를 믿을 수밖에 없었다.

"어르신의 영결식 날, 변호사님께서 유언서를 공개하신 후에 두 분이 시 외곽 패밀리 레스토랑에서 유언장을 다시 만들자고 상의하는 것을 옆에 앉아 계신 분이 들으셨다네요. 그분 성함도 확인해놓았어요."

그분——이라는 건 거짓말이다.

하지만 어쩌랴. 그렇게 자신만만하던 게이코의 얼굴에 땀이

배여 불빛이 번들번들 반사되었다. 아키코는 손에 쥔 손수건을 꽈악 쥐고 있었다.

대단해요, 어머니. 스트라이크로 먹혔어요.

"어, 어떻게 그런……, 넘겨짚는 것도 적당히 하셔야지요."

"아니 넘겨짚는 거라고 말씀하셔도. 그렇게 말씀해주신 분이 계셔서요."

"그 사람이 잘못 들은 거겠죠."

"그렇군요. 하지만 한 가지 더 있는데요. 두 분이 묵었던 호텔 방에서 이 유언장을 쓰고 있었던 걸 호텔 종업원께서 알고 계시더라고요. 실제로 쓰는 걸 본 것은 아니지만 체크아웃 한 뒤에 쓰레기통에 유언장 초안이 버려져 있었다고요."

으윽, 게이코의 몸이 움찔 반응을 보였다.

"그, 그렇게 넘겨짚어도……."

확실히 지금은 넘겨짚는 이야기일지도 모른다. 호텔 종업원이 그런 정보를 알려줄 리 없으니까. 하지만 당신의 그 알기 쉬운 반응은 뭐냔 말이지.

자, 그럼 이제 슬슬 '마무리'를 지어볼까.

"저는 객관적으로 사실만을 말씀드린 것뿐입니다. 어떻게 판단하실지는 두 분께 맡겨야겠지요. 하지만…… 변호사를 데려오시든지, 재판을 하시든지, 그래서 판결이 났는데 혹시라도 당신들이 이기기라도 한다면 돌아가신 어르신이 어떻게 생각하

실까요. 혹시라도 한밤중에 머리맡에 서서 너희를 저주할 테다……라고 말하시지는…….'

"싫어어어어어엇!"

지금까지 입을 다물고 있던 아키코가 소리를 질렀다.

"언니, 난 이제 싫어. 이런 짓까지 해가며 돈을 갖고 싶지 않아."

"아키코, 무슨 소리니."

"하지만, 하지만 언니한테도 아버지가 찾아왔잖아. 저주하겠다고 말하셨잖아. 난 이제 이런 건 못 하겠어."

탁, 아키코가 날듯이 가게를 뛰쳐나가 계단을 내려가는 소리가 나더니 점점 멀어졌다.

──우와, 대단하다. 유지의 긴팔 셔츠 아래로 소름이 돋았다.

어르신은 말없이 행동에 옮기는 사람이었다.

어젯밤 어르신은 아리사를 통해 들은 대로 자매의 머리맡을 찾아가 '너희를 저주할 테다'라고 말했다고 한다. 그 동생의 두려워하는 표정이라니……크크크.

"……알겠어요. 당신이 이겼네요."

낮은 목소리, 게이코가 패배를 선언했다. 위조 유언장을 집어넣고 일어섰다.

"하지만 상속인에게는 유류분(상속인에게 분배해야 할 최저한의 재산)이라는 게 있고 자식인 우리에게는 그 권리가 있어요. 그건 받아야겠어요. 이번에는 이쯤하고 물러나도록 하죠. 지금까지의 일은 없었던 걸로 해줘요."

"동생의 생활만 지킬 수 있다면 저는 괜찮습니다."

이런이런, 하고 말하고 싶은 듯 게이코가 고개를 저었다.

"당신은 욕심이 안 나요?"

"제겐 이 가게가 있으니까요. ……그리고 믿지 않으시겠지만 절 지켜주는 존재가 있거든요. 돌아가신 어머니요."

휴우, 한숨과 함께 게이코의 얼굴이 찡그려졌다. 바보 취급하고 싶다면 맘대로 생각하라지. 하지만 사실이니까.

"유지 씨, 당신 아버지에게 못 들었어요?"

"뭐, 뭐 말입니까?"

"당신이 방금 돌아가셨다고 말한 어머니, 살아 있거든요."

"……네?"

"삼십 몇 년 전 당신 어머니는 그 시골에서 사는 게 싫다고 남자와 같이 달아났어요."

"네에?"

뭐니, 이 새로운 사실. 엄청난 펀치에 한방 맞은 것 같은데.

유지는 쓰러질 것 같은 몸을 필사적으로 버티며 떠나는 게이코를 배웅했다.

아, 어르신이 마지막에 하려던 말이 혹시…… 기억이 되살아난다.

아, 그치만, 그치마안.

어머니가 살아계신다는 것도 충격이지만 그럼 이 빌딩 바깥에서 나를 지켜보고 있다는 '여자'는 대체……

설마, 설마 그런 일이 있을 리가?

"아리사, 아리사, 얼른 나와 봐."

"진짜, 시끄럽네."

아리사가 팟 나타났다. 자기를 다급하게 찾는 게 기분이 좋은 것 같다.

"모처럼 맛있게 먹고 있었는데."

2층에서 팬케이크를 얻어먹고 있었는지 입가에 초콜릿이 잔뜩 묻어 있었다.

"너에게 질문이 있어."

"뭔데."

"밖에 있다는 여자 말인데, 사진에 찍힌 사람이라고 그랬잖니?"

"맞는데."

"그 여자도 수염이 있어?"

"응. 유지랑 똑같아. 그러니까 여자 맞잖아."

"하아아… 이거 참 당해버렸네."

못살아. 유지는 손으로 머리를 짚었다. 인연을 끊겠다던 아버지는 그걸 고집스럽게 지키려고 그랬는지 어머니처럼 변장을 하고 찾아온 게 아닐까.

아리사는 밖을 향해 입을 움직였다.

"저기, 밖에 있는 여자 말로는── 여자처럼 차려입어보니까 네 기분이 조금은 이해가 되는 것도 같다고 어르신에게도 추천해보겠대."

"그게 무슨 소리야. 정말──."

아버지가 여장 남자가 되었다는 건가!!

눈물이 볼을 타고 흐른다.

기뻐서인지 웃겨서인지 모를 눈물이었다.

제4화

요쓰야 법률 사무소

1

유령이 나올 줄 알고 있었기 때문에 새삼스럽게 놀라지는 않았다.

영국에서는 건물에 유령이 나오면 비싸게 팔린다고 한다. 그에 비하면 이 일본의 빌딩은 유령이 나온다는 이유로 반값에 세를 들 수 있으니 고맙기 짝이 없다.

하지만, 하지만 말이지.

사람이 일을 하는데 훼방을 놓는 유령은 좀 그렇지 않은가, 요쓰야 겐이치는 곤혹스러웠다.

"있지, 있지, 오빠가 하는 일은 뭐야?"

"변호사입니다."

"타닥타닥타닥 하는 그 TV 같은 건 뭔데?"

"컴퓨터입니다."

"와아 한자가 잔뜩 있어. 뭐라고 써 있는 거야?"

"가정법원의 조정절차에 따라 조정을 성립시키는 조정이 혼……."

──안 되겠다. 전혀 일을 할 수가 없어. 업무방해로 고소할까보다. 하지만 유령을 상대로 고소는 못 하겠지. 그러고 보니 유령을 상대로 한 판례가 있던가?

"있지있지, 오빠. 변호사는 무슨 일을 해?"

"저기요."

겐이치는 자판을 두드리던 손을 멈췄다.

"몇 번이나 말하지만, 나는 일에 집중하고 싶어요. 그렇게 옆에서 이것저것 물어보면 아무것도 못 하잖습니까."

금세 유령 소녀가 뾰로통한 표정을 지었다.

하기야 뭐, 유령 소녀는 아마 학교도 가지 않을 어린 나이일 것이다, 아직 사리 분별을 하지 못하는 것도 이해는 된다.

하지만 이렇게 대화가 잘 통하는 유령인데, 이쪽이 급하게 자료를 만들고 있다는 걸 조금은 이해해줘도 좋지 않을까.

사무원인 아야카 씨가 장보기를 끝내고 돌아오기만 하면 된다. 그녀는 작년까지 유치원에서 선생님을 하고 있었으니 어린 애 다루기는 식은 죽 먹기 일 것이다. 아, 하지만 이 유령, 혼자 있을 때에만 나온다고 아래층 미용사 선생님이 말했었지.

"알았습니다. 질문에 대답해주죠."

겐이치는 의자를 돌려 유령 소녀와 마주했다.

"변호사의 일 중 하나는 나쁜 짓을 하다 붙잡힌 사람들을 돕는 일입니다."

"어, 이상하다. 나쁜 짓을 하다가 붙잡힌 사람을 왜 도와줘요?"

"사실은 나쁜 짓을 하지 않았을지도 모르니까요."

"하지만, 나쁜 짓을 했으니까 잡힌 거잖아."

"경찰도 나쁜 사람을 잘못 잡을 때가 있으니까요."

"그럼 변호사도 잘못 할 때가 있겠네."

──이 유령 소녀가 아픈 구석을 찌르네.

"그럴지도 모르죠. 그래서 우리 변호사들은 법률 같은 걸 공부해서 실수하지 않도록 하고 있습니다."

흐으으으음, 이해를 했는지 못 했는지 아리송한 얼굴.

뭐 무리도 아니지. 이런 어린 아이가 형사 재판을 이해한다면 대단한 일이겠지.

"저기 오빠. 그럼 여기도 가게야?"

"법률사무소라고 해서, 곤란에 처한 사람들이 상담을 하러 오는 데랍니다."

"아무도 안 오는데?"

"윽."

문을 연 지 3일. 홈페이지나 지역 생활 정보지에 광고도 했지만, 유감스럽게도 서른 초입에 도쿄에 지역 변호사로 사무실을 열었다보니 바로 손님이 모이지 않았다. 오늘 저녁 이후에 한 명, 최초의 무료 상담 예약이 있지만, 바로 보수가 되는 일로 이어질 것 같지는 않았다.

"1층 고서점, 2층 팬케이크 가게, 3층 헤어 살롱은 손님들이 많아서 바빠 보였지만 여기는 조용하네. 왠지 진정된다."

으으으, 왠지 진정된다니 왠지 열 받는다.

이 아리사라는 소녀는 자기가 유령이라는 걸 이해하지 못하는 것 같다.

이 사무실에는 고양이도 있고, 파리도 날리고 있다 이건가.

지역변호사로 독립해 도쿄시 무사시코가네이역 앞에 사무실을 차렸다고 하면 꽤나 우수한 변호사라고들 생각하겠지만 사실은 그렇지 않다. 예비시험, 사법시험, 사법수습생고시를 전부 단 번에 합격해 법률가가 되었지만, 그렇게 입사한 변호사 사무실에서는 실수를 연발해 못 써먹을 녀석이라며 비난받다 퇴직했다. 사실상 잘린 것이나 마찬가지였다. 이렇게 사무실을 열 수 있었던 것도 이 건물의 집세가 파격적으로 저렴했기 때문이다. 집세가 낮아진 이유가 된 이 유령에게는 감사해야만 하겠지.

"손님이 잔뜩 오면 좋겠네."

"뭐어, 하지만 솔직히 말하면 우리 같은 업종이 한가한 게 세상을 위해서 더 좋을지도 모릅니다."

"으응? 어째서?"

"변호사의 일 중 하나는 싸우는 사람들 사이에 들어가서 서로 대화를 나누도록 도와주는 역할도 있어요. 그러니까 내가 바쁘면 세상에 싸움이 많이 나고 있다는 뜻이기도 하거든."

"흐응, 힘들겠네."

정말로 그랬다.

나의 두뇌를 무기로 사회정의를 구현하자. 상대가 국가권력이든, 엄청난 부자이든, 정의를 관철하는 게 자신의 역할이라고 생각해 법률가가 되었다. 하지만 막상 되어보니 현실은 나쁜 녀석과 나쁜 녀석들 사이에서 피가 마르는 매일을 보내고 있다. 그런 의욕 저하에 비례해서 실력은 나아지지 않았고 그 결과 사무실에서 잘리고 말았다.

그럼에도 이렇게 현실에 매달리고 있는 건 지금은 없는 연인을 위해서다.

딩동.

초인종이 울렸다. 그것은 이 소녀에게서 해방된다는 신호였다.

모니터에는 에코백을 멘 가라사와 아야카가 비추고 있었다.

"지금 열게요."

인터폰으로 대답을 하고 방 안을 둘러보니 유령은 순식간에 사라져 있었다. 혼자 있을 때만 나타난다는 말은 사실인 것 같았다.

3개의 도어록을 해제했다.

원래는 하나였는데 문을 열기 전에 두 개를 추가해 달았다. 변호사라는 직업상 위험한 사건에 연루되는 경우도 많다. 이혼을 원하는 아내 쪽 변호를 맡았다가 분노해 찾아온 남편에게 폭행을 당한 동료 변호사도 있었다. 만약에 만약을 대비해야 일을 잘할 수 있을 것이다.

"다녀왔습니다."

허둥지둥 사무실로 들어온 아야카가 손님용 테이블 위에 에코백 두 개를 올려놓았다. 장을 봐달라고 부탁한 것은 겐이치였다. 첫 번째 상담자가 오기 전에야 겨우 손님에게 낼 차가 없다는 것을 알아챘기 때문이다.

하지만, 아야카가 에코백에서 꺼낸 것은 차가 아니었다.

"역 앞에 있는 가게에서 싸게 팔더라고요."

아야카가 꽃다발을 꺼내 겐이치에게 보였다.

"이 꽃, 언니가 좋아하던 꽃이에요. 사진 앞에 꽂아놓을까 해서요. 괜찮죠?"

"아아, 네."

업무 책상 위에 세상을 떠난 연인—— 가라사와 아키의 사진이 있었다. 방문자는 어느 누구도 이 안쪽까지는 들어오지 못하기 때문에 누가 이 사진을 볼 일은 없다.

단 한 명, 사무원이자 아키의 친자매인 아야카를 제외하고는.

"꽃병 물 갈아올 테니까 선생님은 계속 일하세요. 차 준비도 해놓을게요."

아야카가 탕비실로 꽃을 가지고 들어갔다. 에코백 속에는 초콜릿과 쿠키 등 과자도 들어 있었다.

아, 맞다. 중요한 이야기가 있었지.

"아야카 씨."

"네."

"드디어 나왔어요, 유령이."

'아──' 하는 아야카의 반응이 미미해 조금 아쉬웠다.

"방금까지 내 일을 방해하고 있었어요. 이것저것 질문하면서요."

"선생님이 무슨 일을 하시는지 금방 이해하기는 어렵겠죠."

"아야카 씨가 돌아오자마자 훅 없어졌어요. 역시 소문대로 혼자 있을 때에만 나타나는 모양이에요. 아야카 씨도 어젯밤 혼자 남아 있을 때 같이 있었던 게 아닐까요?"

"아뇨, 제 앞에는 나타나지 않았었어요. 선생님처럼 멋진 남성 앞에만 나타나는 게 아닐까요?"

"아야카 씨── 저기, 둘만 있을 때는 선생님이라고 부르지 마세요. 그리고 저는 멋진 남성이 아닌걸요."

"하지만 일이니까 공사 구분은 해야죠. 게다가 내가 겐이라고 부르면 그거야말로 언니가 화낼걸요. 귀신이라도 되어서 나타나면 어떡해요."

"에이, 그럴 리가 있나요."

그렇게 말하면서도 겐이치는 당황스러움을 감추지 못했다.

연인, 가라사와 아키가 병으로 세상을 떠난 것은 겐이치가 사법고시에 합격한 직후였다. 시험 합격에 운을 다 써버렸는지 연인의 목숨이 다하고 말았다. 마음을 잡지 못하고 방황하는 나날이 계속되었지만 그녀의 여동생인 아야카가 의지가 되어 주었기에 지금까지 살아 있을 수 있었다. 아야카가 도와주겠다고 한 덕분에 이렇게 사무실을 열 결심이 섰던 것이다.

아키의 생전부터 사이가 좋았던 여동생 아야카── 그녀는 겐이치의 마음에 뚫린 구멍을 부드럽게 메워주는 존재였다. 함께 보낸 세월만큼 사이가 좋아지는 것도 자연스러운 결과라면 결과였다. 하지만 지금 이렇게 고인의 자매와 사귀고 있다는 께름칙함 또한 사라지지 않았다.

동요를 숨기지 못하는 겐이치의 마음이 아야카에게도 전해진 모양이었다. 아야카는 후후 웃으며 탕비실에서 나왔다. 손에는 아키가 좋아했던 꽃이 들려 있었다.

"농담이에요. ──알았으니까 둘만 있을 때에는 겐이치 씨라고 부를게요. 그럼 겐이치 씨 아리사가 다른 말은 없었어요?"

"아리사라니?"

"아, 유령 소녀의 이름이에요. 아래층 카페 주인에게 들었어요."

"그 아이, 아리사라고 하는구나. 여기는 손님이 없어서 진정이 된다는 둥, 나보고 일이 힘들겠다는 둥 하더라고요."

"그런 이야기를 했어요?"

"아래층 가게와는 다르게 여기는 사무실이니까. 눈에 띄는 특징이 없어서 재미가 없었는지도 몰라요. 계속 질문 공세를 펼치더라고요."

"저런, 그래도 미움을 산 것 같진 않아서 다행이네요."

"유령에게 호감을 사도 말이죠. 하지만 뭐랄까, 신기하게도 전혀 무섭다는 생각은 들지 않더라고요. 유령 같지 않아서 그랬는지."

"그럼 저도 만나보고 싶네요. 어쩌면 그 아이, 언니와 통할지도 모르니까요."

"네에?"

"농담이에요. 하지만 언니가 우리 관계를 어떻게 생각하고 있을지 궁금하긴 하거든요."

"으음. 그렇죠."

겐이치는 더 이상 말하지 않았지만, 그도 아야카만큼 궁금하게 생각하고 있었다.

아야카의 반지 사이즈는 슬쩍 물어봐서 알고 있었기에 이미 반지를 사놓았다. 지금 당장은 아니지만 사무실이 자리를 잡으면 프로포즈를 하려고 생각 중이었다.

하지만, 그녀도 언니의 존재를 신경 쓰고 있을 게 분명했다. 아니 언니의 존재는 이제 없지만 기분 문제랄까, 신경이 쓰이는 것이다.

다시 초인종이 울렸다.

문 밖의 사람이 고개를 숙이고 있어서 모니터에 대머리가 가득 비치고 있었다.

"집주인이 오셨나봐요. ——아, 내가 나가볼 테니 아야카 씨는 장 봐온 것 정리 좀 해주세요."

"겐이치 씨, 아래층 사람들 말로는 집주인께 먼저 유령 이야기를 꺼내는 건 안 좋다고 하더라고요. 주인 어르신은 유령 이야기에 신경을 많이 쓰신대요."

하긴 유령 소동의 제일 큰 피해자는 저분이겠지.

문을 열자 '아이구 이런 이거 참 실례합니다.' 하면서 땀에 젖어 빛나는 머리를 한 집주인, 가모시타 씨가 들어왔다.

"특별한 용무는 없는데요, 그냥 빌딩을 돌아보다가 새로 오신 변호사 선생님은 잘 지내시나 해서요."

"신경 써주셔서 감사합니다."

"아이고 별말씀을요──. 그런데 선생님, 혹시 여기에는 그 유령이……."

아아, 역시 신경을 쓰고 있구나.

겐이치는 곁눈질로 아야카를 보았다. 아야카가 살며시 고개를 저었다.

"아뇨 괜찮습니다. 아직까지는 아무 문제도 없어요."

이건 사실이다. 유령이 나오긴 했지만 문제는 일으키지 않았다.

"아아, 그거 참 다행이네요." 가모시타 씨는 바지 주머니에서 손수건을 꺼내 이마의 땀을 훔쳤다.

아키가 살아 있었어도 이런 식으로 조언을 해주었겠지, 하고 겐이치는 생각했다.

자신은 공부는 잘 하지만 아무래도 사회생활에는 소질이 없었다. 자매가 곁에서 도와주었기에 이렇게 지금까지 잘 지낼 수 있는 게 분명하다.

2

"회사가 나를, 아니 이 세상이 나를 필요로 하지 않는 건지도요."

"응, 확실히. 그런 쓰레기 같은 학생은 내가 인사권자였다면 뽑지 않았을 거야."

"아키 씨는 엄격하구나."

대학교 4학년 때, 겐이치는 저녁메뉴인 중화탕면에 고개를 숙이고 있었다. 야채가 많이 들었기 때문에 겐이치는 이 가게에서 항상 중화탕면을 먹었다.

가격은 공짜였다. 왜냐하면 이 중화요리점은 아키의 아버지가 운영하시기 때문이다. 장녀의 남편감으로 점찍었으니 장차 출세해서 갚으라고 하셨다. 그건 그렇지만 이렇게 찬 바람이 부는 계절이 되어서도 취직 자리가 정해지지 않은 패기 없는 대학생에게는 출세 이전에 취직이라는 더 큰 문제가 있었다.

"겐."

"네."

"중화탕면 빨리 먹지 않으면 불어터진다. 식으면 맛이 없지 않니."

"네 죄송합니다."

뜨거운 것을 잘 못 먹는 겐이치가 중화탕면에 얼굴을 숙이자 뿔테 안경에 화악 김이 서렸다.

"아하하, 그게 뭐야. 만화 캐릭터 같아."

겐이치는 얼굴을 들었지만 안경 너머로 보이는 건 크게 웃는 아키의 얼굴뿐이었다.

"겐, 기운 내. 가고 싶던 회사에 전부 떨어진 건 아쉽지만, 그렇다고 해서 죽는 것도 아니잖아. 겐을 필요로 하는 사람은 이 세상 어딘가에 분명히 있을 거야."

"그렇게 말해 주는 건 고맙지만, 그렇다면 이제 슬슬 나를 필요로 하는 사람이 나타나주면 좋겠어."

"눈앞에도 한 명 있잖아."

"아, 아니 아키는……, 뭐 틀린 말은 아니지만."

"뭘 부끄러워하고 그래. 나, 아니 우리 집은 겐에게 투자를 하는 거야. 지방에서 올라와서 최고 학부에 합격해서 공부를 계속하고 있잖아, 그런데 일까지 하려고 하다니. 나는 당신의 그 마음에 반했으니까."

아키는 부끄러운 기색도 없이 '반했다'는 말을 훅 꺼낸다. 깔깔 웃는 아키와는 아르바이트를 하던 학원에서 만났다. 학년은 같았다. 그때 아키는 사립대 교육학과를 다니고 있었고 학원 에서는 초등학교 저학년의 수업을 맡고 있었다. 겐이치는 상위권 학교를 노리는 고학년 반을 가르치고 있었다.

겐이치는 공부를 아주 잘해서 고향에서도 신동이라 불렸지만 공부 외에는 아주 엉망이었다. 아니나 다를까 학원 선생을 하면서도 아이들을 잘 다루지 못해 몇 개월 후에는 결국 잘리고 말았다. 그렇게 요령이 없는 겐이치를 재미삼아 만나준 사람이 아키였다.

"내 생각엔 대학원에 진학해서 연구원이 되면 좋을 것 같은데, 겐은 꼭 취직을 하고 싶은 거잖아."

"고향의 부모님께 이 이상 학비를 도와달라고 할 면목이 없어. 그러니까 취직해서 독립하는 게 지금 내가 부모님께 할 수 있는 효도야."

"흐음, 그 마음은 훌륭하지만, 난 사람에게는 각자 맞는 일과 맞지 않는 일이 있다고 생각하거든. 그런데 겐이 샐러리맨에 어울리느냐고 묻는다면 솔직히 말해서 어울리지 않는다고 생각해. 공무원 같은 쪽은 생각 없어?"

"아버지가 지방 공무원이신데 그렇게 딱딱한 분위기는 좀……."

"교사 같은 건—— 아아, 그건 학원에서도 잘릴 정도니까 안 되겠구나."

드르륵, 입구의 새시 문이 옆으로 움직였다.

"다녀왔습니다." 인사하며 들어온 것은 동생인 아야카였다. 감색 세일러복 차림으로 학교에서 막 돌아온 참이었다. 내년 봄 부속 고등학교와 연결된 대학으로 이미 진학이 정해져 있었다.

"아, 겐이치 씨 안녕하세요."

아야카가 꾸벅 고개를 숙이자 포니테일로 묶은 머리가 조금 위로 올라갔다.

"얘, 아야카 너도 같이 생각해볼래? 이 사람에게 무슨 일이 어울릴지."

"무슨 일이라니, 겐이치 씨 취직한 거 아니었어?"

"그게 잘 안 맞는 거 같다고 해서 고민 상담 중이거든. 출세해서 갚는다던 중화탕면 외상값도 이대로라면 못 받을지도 모른단 말이야."

흐음. 아야카가 중화탕면을 보고 있다.

여장부 같은 아키와 야무진 아야카. ──겐이치에게 중화요리집의 두 자매는 그렇게 보였다. 가난한 대학생인 자신을 응원해주다니, 나는 인복이 있구나 하고 겐이치는 생각했다.

"변호사 같은 건 어떨까? ──겐이치 씨에겐 그런 이미지가 있어."

"호오, 그렇단 말이지. 하긴 겐은 머리도 좋으니까 사법시험 같은 건 한 번에 패스할 것 같아."

"잠깐, 잠깐."

겐이치는 점점 고조되는 자매의 대화를 막았다.

"둘 다 내 일에 대해서 멋대로 떠들고 있는데, 변호사가 되려면 공부를 잘하는 건 그렇다 쳐도 시간과 돈이 든단 말이야."

"흐음, 공부를 잘하는 건 그렇다 친다고라고 제 입으로 말했겠다. 요쓰야 겐이치 군, 그 말은 즉, 합격할 자신은 있다고 해석해도 된다는 말씀?"

아키가 심술궂게 웃었다. 겐이치의 전공은 경제이지만 사실은 법에도 관심이 있어서 조금 손댄 적이 있었다. 스스로 말하기엔 멋쩍지만 굉장히 어렵다고 생각한 적은 없었다. 다만…….

"변호사가 되기 위해서는 법과대학원을 수료해야 하는데 거기에 입학하기까지의 준비기간 까지 따져보면 앞으로도 7년 넘게 걸릴 거야."

"어, 그치만."

여동생인 아야카가 끼어들었다.

"제도가 약간 바뀐다고 인터넷에서 봤어. 예비 시험이라는 거에 합격하면 겐이치 씨 정도면 4년이면 합격할 거야."

"아야카 너 잘 아는구나."

"요즘 변호사가 나오는 드라마에 빠져 있거든, 관심이 생겨서 찾아봤지."

"흠, 어때 겐? 너는 천재니까 세상을 위해서 사람들을 위해서 법률의 세계에 들어가는 것도 괜찮지 않을까?"

"쉽게도 말하네."

"겐이치 씨 제가 추천하는 드라마 한번 보세요. 인생이 바뀔지도 모르니까요."

"뭐어?"

"그래그래, YOU, 인생 바꿔버려(일본 유명 연예 기획사 쟈니스 사무소의 사장 쟈니 기타가와의 말버릇)같이."

가라사와 자매에게 등 떠밀려 TV드라마를 보고 겐이치는 법

조계에 관심을 갖게 되었다. 하지만 설마 진짜로 자신이 변호사라는 직업으로 벌어먹고 살 거라고는 생각지 못했다.

"먹고살 걱정 하지 마. 뭣하면 내가 생활 전부를 챙겨줄게. 겐은 자신이 하고 싶은 길을 개척해봐."

그렇게 말하는 아키에게 떠밀려 겐이치의 인생은 180도 달라졌다고 해도 과언이 아니었다. 세상을 위해, 타인을 위해서는 물론이고 이렇게 자신을 응원해준 연인을 위해서 겐이치는 기합을 넣고 공부에 힘을 쏟아 사법시험까지 나아가게 되었다.

하지만 그때, 아키의 몸속에 병이 자라고 있는 것을 알지 못했다.

3

손님은 모든 것에 지쳐 있다──. 그런 인상의 노부인이었다. 해 질 녘 노부인이 슈퍼 봉지를 들고 나타났을 때에는 장을 보러 나온 김에 들른 것인가 생각했지만, 이야기를 들어보니 집에서 나오기 위해 장을 보러 나오는 척했다고 한다. 남편이 퇴직한 지 얼마 되지 않았다고 하니 남편과 비슷한 60대가 아닐까 생각이 되었다. 이야기를 들어보니 고생을 많이 하며 살아왔기에 겐이치는 노파를 동정했다.

"──그래서, 이혼을 하고 싶으신 거군요."

"네, 이제 그럴 때인 것 같아서요. 그래서 말인데 선생님, 이혼에 필요한 수속을 알려주셨으면 하는데······."

"가장 원만한 것은 대화를 통한 협의 이혼입니다."

"협의, 이혼이요."

휴우, 부인이 한숨을 내쉬었다.

"그건 역시 제가 먼저 남편에게 이야기를 꺼내지 않으면 안 되겠지요."

망설이는 모습에서 겐이치는 이 부인은 아직 진심으로 이혼을 바라지 않는다는 느낌을 받았다. 이혼한 뒤의 이야기를 들어도 이 사람에게는 비전이 없었다.

"바깥 어르신은 고마쓰다 씨께서 이혼을 고려한다는 것을······."

"전혀 생각도 못하고 있을 거예요. 제가 이야기를 꺼내면 그 사람이 어떻게 반응할지 상상도 할 수 없네요. 계속 으스대며 살아온 사람이라서요."

"으음, 그렇다면 이야기를 꺼내는 타이밍이 굉장히 중요하겠네요. 상대가 폭력적으로 나올 수도 있고, 한번 이야기를 꺼내면 그때부터 같이 살기는 어려울 거라고 생각하시는 게 좋습니다. 집을 나가서 지낼 곳을 준비하실 필요가 있습니다."

겐이치가 재판까지 가는 경우에 대해서 설명하자 노부인은 자신의 행동에 위험 부담이 따른다는 걸 깨달은 것 같았다. 노부인이 눈을 동그랗게 뜨고 겐이치를 빤히 바라보았다.

이상한 일이라고 생각하면서 겐이치는 그 눈을 마주 바라보았다.

저 부부는 오랫동안 함께 살아왔으리라 짐작이 되었다. 막 결혼했을 때는 이렇게 될 거라고는 누구도 생각하지 못 했을 것이다. 어디서부터 톱니바퀴가 어긋났는지, 어디서부터 마음이 통하지 않게 되었는지── 타인의 인생이라 알 도리는 없다. 하지만 단언할 수 있는 것은 만남이 있으면 반드시 이별이 있다는 것이다. 이혼이 되었든, 사별이 되었든.

"상황을 들어보니 아직 준비가 더 필요하다고 생각이 됩니다. 물론 바깥 어르신께서 좀 전에 말씀하신 불만을 개선하셔서 두 분의 관계가 되돌아가는 것이 가장 좋지만요. 고마쓰다 씨께서도 같이 노력하려는 마음을 가지시는 게…….."

"휴우." 고마쓰다 씨는 예스도 노도 아닌 대답을 하고 고개를 숙였다.

겐이치는 고개 숙인 노부인의 숱 없는 정수리를 보면서 정말 어려운 직업이라고 마음 깊이 느꼈다. 이 부인이 이혼을 하던 하지 않던 그녀에게 밝은 미래가 찾아올 것 같지는 않다. 하지만 자신은 이렇게 상담을 하고 있는 것이다. ──그것도 무료로.

어깨가 축 처진 그녀가 안쓰러워서 겐이치는 함께 엘리베이터를 타고 내려가 1층까지 바래다주었다.

사무실로 돌아오니 아야카가 '수고했어요.' 하고 위로의 말을 건넸다. 그녀도 후우 한숨을 내쉬었다.

"저분은 스스로도 어쩌면 좋을지 잘 모르겠나 봐요. 푸념만 늘어놓고."

"응, 나도 같은 생각이 들었어. 우선은 자기 이야기를 들어줬으면 좋겠다는 느낌이었지. 정말로 이혼까지 생각했다면 재산 분할 같은 보다 질척질척한 이야기가 나왔겠죠."

"선생님, 결혼이란 뭘까요."

"이제 선생님이라고 부르지 않아도 된다니까──. 나도 아까 그런 생각이 들더라고요. 민법상으로는 결혼이 아니라 혼인이라고 하는데, 이것을 하지 않으면 이혼도 없는 걸까, 하고요."

"하지만 겐이치 씨도 결혼── 아니, 혼인할 생각은 있잖아요."

으으음, 미묘하다. 겐이치는 생각에 잠겼다.

이 질문은 '일반적으로 말하는 결혼을 하고 싶은가', '언니와 결혼하고 싶었지 않느냐'라는 두 가지로 해석이 가능하다. 이 두 가지 경우에 다 '네'라고 대답할 수 있긴 하다. 하지만 지금 결혼상대로 생각하는 눈앞의 사람에게는 명확하게 대답을 하고 싶지 않았다.

나는 아키가 없기 때문에 아야카와 결혼을 하는 것인가.

아니, 그렇지 않다. 확실하게 그런 것은 아니다.

하지만, 아키와 결혼을 하려고 했던 것도 사실이다. 그 사실을 전제로 깔고 나는 아야카에게 구혼할 수 있을 것인가. 어쩌면 아야카도 같은 생각을 하고 있는 건 아닐까.

"죄송합니다."

정적을 견디기 어려웠는지 아야카가 고개를 숙였다.

"대답하기 곤란한 질문이었네요. 저 오늘은 이만 들어가보겠습니다."

불편했던 거겠지. 아야카는 그 이상 아무 말도 하지 않고 나가버렸다.

"후우우우."

기운이 빠져서 의자에 힘없이 앉았다. 일적으로나 사적으로나 오늘은 많은 일이 있었다. 첫 상담자가 이혼 이야기를 가져오고, 거기에 이어 아야카가 결혼에 대해 이야기를 하다 나가버렸다. 아, 그래 그렇지 오늘은 소문의 유령 소녀도 나타났──는데, 어허 이런 또 나타났잖아. 유령 소녀는 손에 초콜릿을 들고 있었다.

"선생님, 이혼이 뭔가요?"

'너까지 나를 선생님이라고 부르는 거냐.'

겐이치는 쓴웃음을 지었다.

"결혼한 두 사람이 '헤어집시다' 하는 게 이혼입니다."

"응? 헤어질 거면 결혼 같은 건 안하면 되잖아."

"그럴지도 모르죠. 하지만 결혼할 때는 이혼 할 거라고는 생각지도 못하니까요."

"선생님은 아야카 씨와 결혼해?"

"가, 갑자기 무슨 말을 하는 겁니까. 이상한 아이로군요."

겐이치는 웃어넘기려고 했지만 미간에 주름이 잡힌 아리사의 표정을 보고 얼버무리기 힘들겠다고 생각했다. 화가 난 건지 곤란한 건지 애매한 표정이었다.

"저기, 선생님."

"네. 네."

"결혼하면…… 안 된다는데."

"에엣, 결혼이라니. 누가, 무슨?"

두서없는 아리사의 말에 겐이치는 혼란스러워 말이 나오지 않았다.

슥, 아리사가 오른손을 들어 올렸다.

겐이치의 책상에 놓인 사진을 똑바로 가리키고 있다.

"이 언니가 결혼하면 안 된대."

"저기, 아리사, 그게 무슨 말일까. 이 언니는 이미 돌아가셨어, 이제 세상에는 없다는 말이야."

"있는데, 창밖에."

어두워진 유리창 너머, 아리사의 시선을 따라가 봐도 건너편

174

아파트의 불빛과 사무실 안의 화이트보드가 비칠 뿐이었다.

아니, 그럴 리는 없겠지. 사실은 인정하고 싶지 않다는 게 진심이지만.

"언니가 중화탕면 외상값 갚으래요."

사악, 순식간에 등줄기가 서늘해지는 느낌.

진짜다. 아리사 말대로 정말로 아키가 거기에 있는 거다.

내가 아야카와 결혼하려는 게 화가 나서 원귀가 되어 나타난 걸까. 중화탕면의 외상값을 갚으면 원한이 풀릴까——.

지금 그런 이야기가 아니겠지.

문득 아키의 마지막이 생각났다.

아직 의식이 있었을 때 아키가 '겐' 하고 부르면서 없는 힘을 짜내 손을 내밀었다.

"지금 뭐라고 했어?"

"나랑 결혼해줘, 난 아키 없이는 살아갈 수 없어. 그러니까 아키도 살아줘."

"후후, 그렇구나. 혹시 나 아닌 다른 여자와 결혼하면 귀신이 돼서 나타날 거야."

이럴 때 그런 농담을 하다니.

겐이치는 화가 나는 한편 웃음이 나는 영문 모를 감정에 휩싸여 눈물이 멈추지 않았다.

"후후, 농담이야……. 하지만 겐…… 있잖아."

그 뒤 다른 말을 하긴 했지만 역시 결혼은 안 된다고, 아키 씨는 원귀가 되어서 나타난 거군요. 알았어요.

자신은 추억 속에서 이미 결혼을 한 것이다. 그렇다면 저세상에서 아키가 기다릴 테니 지금은 결혼을 꼭 하지 않아도 괜찮다. 아야카도 이해해줄 것이다.

"아리사, 창밖의 언니에게 '알겠어요'라고 전해주겠니?"

아리사에게 억지 미소를 지으며 말했지만 그녀는 굳은 표정을 풀지 않았다.

"왜 그래? 어디 몸이 안 좋니?"

──픽!

소리가 난 것 같았지만, 소리와 동시에 눈앞이 깜깜해졌기 때문에 아무 대응도 하지 못했다. 픽하고 들린 소리는 차단기가 내려가면서 난 소리 같았다. 하지만 근래에 차단기가 내려가는 경험은 처음이다. 건너편 빌딩은 불이 켜져 있는 걸 보면 이 빌딩만 불이 나간 것 같다.

"싫어어어어어어어어어어──────!"

찢어지는 비명이 사무실 안에 울려 퍼졌다. 눈앞의 유령 소녀가 낸 소리였다.

아리사가 앉아 있던 겐이치에게 안겨왔다.

"싫어, 싫어, 도와줘…… 무서워…… 어두운 거…… 무서워."

"아리사 왜 그러니? 괜찮단다, 잠시 전기가 나간 것뿐이에요."

"무서워, 무서워요. 도와줘. 도와줘요."

품 안의 소녀가 패닉 상태에 빠져 전신을 떠는 게 전해졌다. 가슴에 얼굴을 파묻고 버둥거리는 소녀의 양갈래 머리가 겐이치의 얼굴을 찰싹찰싹 때렸다.

"괜찮아, 괜찮아요. 자, 이렇게 꼭 안고 지켜줄게요."

떨림이 잦아들도록 아리사의 등을 쓸어주었다.

──얘는 뭘까? 유령이 어째서 어둡다고 패닉을 일으키는 거지?

잠시 후, 화악 불이 들어왔다.

불과 몇 초 전의 어두움이 거짓말 같았다.

초인종 소리가 들리고 밖에서 관리인의 목소리가 들렸다.

"요쓰야 씨 잠시 정전이 되어서 들렀습니다. 복구했으니 걱정 마세요."

"네, 감사합니다." 하고 소리쳐 대답하는데 훅 몸이 가벼워졌다.

아리사가 사라졌다. 겐이치의 가슴에 눈물자국을 남겨놓고.

4

"흐음, 유령 소녀가 그렇게 패닉을 일으키다니."

"밖에서 불빛이 비쳐서 그렇게까지 어둡지도 않았거든요."

"맞아요. 아주 깜깜해진 건 아니지만 우리 가게에서는 드라이어를 쓰던 중이라 깜짝 놀랐다고요."

애플티를 든 3층의 헤어살롱 오너(유지라고 부르라고 하셨다)가 몸을 배배 꼬았다.

다음 날 밤, 겐이치는 빌딩 2층에 있는 '카페 아스카'에 갔다.

"같은 빌딩에 세를 든 것도 인연이니까, 선생님도 놀러오세요." 하고 카페 주인인 니노미야 씨가 초대했기 때문이다.

이날 사무실은 오전과 오후에 상담이 한 건씩 있었다. 저녁 이후엔 일이 없어서 겐이치는 처음으로 까페 모임에 나가보기로 했다. 사무실은 아야카가 뒷정리를 하고 닫아 준다고 해서 먼저 나왔다.

"신기한 건──"하고 1층의 고서점 주인이 조용히 말을 꺼냈다. 이름이 이치노세 씨였지.

나이를 물었더니 자신과 그렇게 차이가 나지 않아서 겐이치는 깜짝 놀랐다. 저렇게 침착한데 동년배라니, 고서를 취급하다 보면 나이와는 상관없이 연륜이 묻어나게 되는 걸까.

"전부터 생각했던 건데 아리사는 우리 가게에 밝을 때만 나오잖아요. 보통 귀신이라면 새벽 2~3시에나 나올 텐데."

"휴우, 두두둥, 원망스럽구나, 하면서."

유지가 양손으로 유령 포즈를 취했다.

"하지만 처음 보았을 때 밖에서 들어오는 햇빛을 가득 받으면서 가게 안의 만화책을 서서 읽고 있었으니까요, 그런 유령, 들어본 적도 없어서 깜짝 놀랐어요——. 아니 그래서 깜짝 놀라지 않았다는 말이 맞겠네요. 전혀 무섭지 않았거든요."

"그렇죠." 니노미야 씨가 고개를 끄덕였다.

"우리 카페와 유지 씨의 가게에는 밤에 나오는 경우가 많았지만 가게 안에 항상 불이 켜져 있었죠. 확실히 밝은 곳에만 나타나는 유령이네요."

"우리 미용실에는 낮에는 항상 손님이 있으니까 유령 소녀가 나오는 일이 없었어, 고서점은 비교적 여유로운 가게니까 낮에도 나오기 쉬웠던 게 아닐까? ——어머머 미안, 이치노세 씨네 가게를 무시하는 건 아니에요."

"네에, 압니다. 저희 가게 손님들은 조용한 분이 많으시니까요." 하고 대답하며 이치노세 씨가 웃었다.

"선생님 사무실에도 밤에 나타났다고 하는 걸보니 낮에는 많이 바쁘신가 봐요."

"아, 뭐어, 네에."

유령 소녀는 점심때부터 자주 찾아왔지만—— 으음, 그렇게 말하기 괴롭다.

이 모임에 새로 들어온 겐이치는 그들의 모습을 객관적으로 보다가 어떤 공통점을 발견했다.

이들 중 그 누구도 아리사를 무서워하지 않았다. 무서워하기는커녕 좋아하고 있었다. 게다가 아리사라는 소녀를 마치 가족처럼 걱정하고 있었다.

사실은 겐이치 자신도 그렇게 느끼고 있었다.

어젯밤 갑작스런 정전으로 패닉에 빠진 아리사가 안겨왔을 때 겐이치도 자연스럽게 무서워하는 그녀를 지켜주고 싶다는 마음이 들었다.

혹시 아키가 건강하게 살아있었다면 결혼해서 둘 사이에 아이가 있었다면―― 아니 그건 상상 속 세계에서만 가능하겠지만.

"그래서 정전의 원인은 뭐래요? 나도 당황한 나머지 주인어른에게 험한 소릴 해버렸다니까, 그러면 안 되는데."

"그때 마침 가모시타 씨가 저희 가게에서 책을 찾고 계셨어요. 그래서 빠르게 대응할 수 있었는데요. 원인은 아직 잘 모른다는 것 같았어요. 사람이 일부러 내리지 않으면 내려갈 일이 없는 스위치가 내려갔다고 하더라고요."

"어머, 무서워라."

'당신이 더 무서운데요'라고 말하면 안 되겠지 하고 생각하면서 겐이치는 어젯밤 그 순간을 돌이켜보았다. 아리사를 통해서 아키가 결혼하면 안 된다고 했고, 자신은 그 말에 동의해 답을 보냈다. 그 직후에 정전이 일어났으니 대화 속에 이유가 있는 걸까?

"아, 선생님 그러고 보니."

니노미야 씨가 무언가 기억해낸 듯했다.

"오늘 아침 처음 뵈었거든요. 사무실에 계신 여성분이요."

"사무원이에요, 어라."

겐이치는 요 며칠간의 모순을 깨달았다.

"니노미야 씨, 그녀와는 이전에 이야기 나누지 않으셨나요?"

"오늘 아침에 처음 뵈어서 가볍게 인사를 나누었어요. 왜요?"

"아, 그게…… 그러니까. 그렇군요."

겐이치의 기억의 실이 뒤엉킨다. 아야카는 이 사람에게 아리사의 정보를 들었다고 했는데.

"저기, 다른 층 분들은 그녀와 인사하셨습니까?"

모두가 고개를 가로저었다.

어라라, 어떻게 된 일이지. 그럼 아야카는 아리사에 대해서 어떻게 알게 된 거지.

왜 그걸 말하지 않았지. 왜 그걸 자신에게만 감추었을까.

겐이치의 스마트폰이 울렸다.

의문을 품고 있던 인물의 이름이 화면에 떠 있었다.

〈선생님 큰일 났어요. 빨리 사무실로 와 주세요!〉

4층에 올라가보니 문 너머로 성난 남성의 고함소리가 들려왔다.

이상하다. 잠금 장치가 있는데 어떻게 안까지 들어간 거지?

——아니, 그보다는 어서 아야카를 구해야지.

겐이치가 들어가자 남성의 뒷모습이 보였다. 그 너머에 겁먹은 눈으로 입을 한일자로 굳게 다물고 의연하게 대처하는 아야카가 있었다.

남성이 겐이치를 돌아본다. 미간의 주름은 화가 나서 생긴 거라 쳐도 얼굴 전체에 주름이 잡힌 육십 대 정도로 보이는 남성이었다. 왜 이 사무실에 와서 소리를 지르고 있는 거지?

"여기 변호사가 당신이야?"

거친 말씨에 다짜고짜 시비조라는 걸 알 수 있었다. 언젠가 이런 일도 있을 거라고 마음의 준비를 했었다. 가능한 침착하고 천천히 이야기를 하지 않으면 상대의 페이스에 말려들고 만다.

"네, 제가 이 사무실의 대표인 변호사 요쓰야 겐이치라고 합니다. 오늘은 무슨 일로 저희 사무소에 찾아오셨습니까?"

겐이치는 말을 끝내며 아야카 쪽을 쳐다보았다.

"돌아가려고 열쇠를 열고 나오는데 이분이 들어오셨어요. 이런저런 질문을 하셨는데 저희는 비밀 유지 의무가 있다고 말씀드렸습니다."

역시 눈치가 빠르다. 겐이치는 새삼 그녀의 판단 능력과 배짱에 감탄했지만 지금은 그녀를 칭찬할 때가 아니었다.

"말씀은 제가 듣겠습니다. 그쪽에 앉아주시죠. 아야카 씨, 차

좀 부탁할게요."

"차 같은 건 필요 없어."

남자의 분노는 아직 수그러들지 않은 듯했다.

"네, 그럼 차는 괜찮겠네요. 그럼 꽤나 화가 나신 것 같은데 왜 그렇게 화가 나셨는지 말씀해주시겠습니까? 저희 직원이 무엇에 답해주지 않았습니까?"

"우리 집사람 일인데."

"댁에 계신 부인이요."

천천히 이야기하면서 겐이치는 머릿속을 고속으로 돌렸다.

아아, 어제 왔던 노부인의 남편인가. 부인이 이혼하겠다고 말이라도 꺼낸 건가.

"방금도 들으셨겠지만 저희는 상담자의 권리를 지키기 위해 비밀 유지의 의무가 있습니다. 그래서 그분에게 불이익이 되는 정보는 제공해드릴 수 없습니다."

"내가 그 상담자의 남편이라고. 권리니 이익이니 어차피 한 몸이나 마찬가진데 내가 벌어서 먹여 살리고 있으니 당연히 알 권리가 있지."

"네에, 당연히 권리가 있으시죠. 하지만 부인께도 권리가 있습니다."

"어쩌고저쩌고 말 돌리지 말고 무슨 일이 있었는지 알려달란 말이야."

남성의 말투가 분노에서 초조함으로 바뀐 것이 느껴졌다. 이성적으로 대화하지 않으면 통하지 않는 상대라는 걸 알아주었으면 좋겠다.

"상담 내용은 지금 여기서 알려드릴 수 없습니다. 하지만 이야기를 들어보니 지금 아무런 정보가 없는 상태라고 생각되는데 맞으십니까?"

"그래. 방금 집에 돌아갔더니 거실 탁자 위에 네 명함이 놓여 있잖아. 신경이 쓰여서 검색해보니 최근 역 앞에 생긴 법률 사무실이고 무료로 상담해준다고 하더라고. 집사람이 이런 데를 찾아왔으면 이혼이라도 생각하는 거겠지."

"이혼인지의 여부도, 상담 내용도 알려드릴 수 없습니다. 하지만 만약 이혼에 대한 상담이었다면 뭔가 짐작이 가는 이유가 있으십니까?"

겐이치는 주머니에 숨겨놓은 녹음기의 녹음 버튼을 눌렀다. 나중에 아내인 고마쓰다 부인의 재판에서 증거기록으로 사용하게 될지도 모른다고 생각했기 때문이다.

"확실히 내가 너무 폭군같이 굴었던 건 인정해. 시대가 달라졌다고들 하지만 나는 이렇게 사는 방법 밖에 모르고 그렇게 가정을 지켜나갈 생각이었어. 물론 집사람을 소홀히 하지도 않았고 오히려 고맙게 생각하고 있어. 집사람이 없으면 살아갈 수 없다고. 그런데 갑자기 이혼이라니…… 너무하는 거 아닌가."

이런이런, 점점 울먹이는 목소리로 바뀐다. 기분이 획획 바뀌는 사람이네.

딩동—— 초인종이 울렸다.

현관에 나간 아야카가 모니터에 비치는 손님을 보고 '어' 하는 입모양을 지었다.

"무슨 일이죠."

"선생님, 어제 오셨던 손님께서."

부인이 쫓아온 모양이다. 사무실에 들어오시게 할지 말지 판단하기가 어렵다. 눈앞의 남편분을 보니 아까까지 거만한 모습은 사라지고 이제는 서글퍼 보이기까지 한다.

"사무실로 안내해주세요. 고마쓰다 씨 아내분께서 오신 것 같습니다."

"아, 아니?"

겐이치의 말에 고마쓰다 씨의 시선이 흔들렸다.

"진정하세요. 제대로 잘 이야기 하시면 괜찮을 겁니다."

"그, 그럴까요."

"네, 괜찮습니다."

겐이치가 미소를 보내자 고마쓰다 씨도 힘없이 웃었다.

아야카가 문을 연다. 달려왔는지 이마에 땀을 흘리고 숨을 몰아쉬면서 고마쓰다 부인이 들어왔다.

"다, 당신."

"시즈에."

남편의 한심한 목소리에는 대답하지 않고 부인은 겐이치에게 고개를 숙였다.

"죄송합니다, 선생님. 우리 남편이 여기서 난동을 부린다고 전화 연락을 받아서…… 정말로, 이렇게 폐를 끼쳐서 죄송합니다."

"아니아니, 난동이라뇨, 그렇지 않습니다."

그렇게 말하면서 겐이치는 아야카의 재빠른 대응에 감탄했다. 자신뿐 아니라 고마쓰다 부인에게도 연락을 한 것이다.

아야카를 보자 그녀는 허를 찔린 듯한 얼굴이었다.

눈을 크게 뜨고 겐이치를 향해서 고개를 몇 번이고 흔들고 있다.

——어라, 전화하지 않았나.

아마 자신도 똑같은 표정일 거라고 생각하던 겐이치는 이때 깨닫고 말았다. 부인의 연락처는 잠가놓은 집무실 책상 서랍 안에 있어서 아야카는 볼 수 없었을 것이다.

그렇다면 , 전화한 사람은…….

겐이치와 아야카는 서로를 바라보았다. 아마도 같은 생각을 하고 있을 것이다.

"저, 방금 전화주신 분은 이쪽에 사무원분 맞으시죠? 정말 감사합니다. 우리집 양반은 한번 화가 나면 사리분별을 못 해서……, 당신 정말."

"미, 미안."

부부의 대화를 들으며 겐이치는 정신을 차렸다. 먼저 해결해야 할 문제는 이쪽이다.

하지만, 겐이치는 이 부부를 낙관적으로 보고 있었다.

고마쓰다 부인은 일부러 겐이치의 명함을 탁자 위에 올려놓고 외출했을 것이다. 즉, 남편에게 어필하고 싶은 것이 있었던 것이다. 하지만 그 남편이 곧바로 변호사 사무실로 쳐들어가서 자신에게 연락이 올 거라고는 상상하지 못했겠지.

"저기." 겐이치는 노부부를 불렀다.

"변호사 입장에서 이런 말씀을 드리긴 그렇지만 두 분은 서로를 많이 생각하는 멋진 부부입니다. 서로에게 대화가, 감사가 부족할 뿐이에요. 제대로 이야기를 나누고 생각하시는 걸 솔직하게 이야기한다면, 두 분께 변호사 같은 건 필요 없으실 겁니다."

겐이치가 타이르듯 말하자 노부부는 서로를 바라보았다. 그래, 해결이다. 변호사 일은 줄어들었지만.

"저, 부인." 아야카가 우물쭈물 물었다.

"방금 말씀하신 전화 말인데요, 몇 시쯤 받으셨나요? 통화 기록을 알려주시면 감사하겠습니다."

으음? 질문의 의도를 모르겠다는 듯 부인이 휴대전화를 꺼냈다.

"어머, 이상하네, 통화기록이 없어. 고장 났나?" 고개를 갸웃거리는 부인.

틀림없이, 아리사가 말한 '밖에 있는 언니'가 연락한 것이다.

고마워——. 겐이치는 마음속으로 감사했다.

좀 전까지 아수라장이었던 사무실 분위기가 조용하고 차분해져 있었다.

"여보, 갑시다."

"그래."

온화해진 부부는 겐이치에게 머리를 숙이고 사무실을 나갔다. 겐이치도 그들을 1층까지 배웅해주고자 엘리베이터에 탔다.

"이보게, 선생."

남편이 겐이치를 보며 웃었다.

"변호사라는 건 역시 믿음직하구만. 마지막까지 비밀 유지 의무도 지켰고 말이지."

"아, 그건 직무상 당연한 일입니다."

"마음에 들었어. 자네 괜찮으면 내 유산 상속 같은 거 상담해 줄 수 있겠나? 상속 문제로 다투고 있는 지인이 더 있으니까 소개해주겠네."

"고맙습니다. 도와드릴 수 있다면 감사하겠습니다."

소 뒷걸음질 치다 쥐 잡는다. 호박이 넝쿨째 굴러들어 온다.

꿩 잡으러 갔다가 노루 잡는 격. 비 온 뒤 땅이 굳는다.

'이럴 때 무슨 속담이 제일 어울리더라──. 뭐 상관없나' 하고 생각하면서 겐이치는 노부부를 배웅했다.

그럼 하나는 해결되었지만 아직도 문제가 남아 있다. 아야카에게 이것저것 물어볼 것이 있다.

4층으로 돌아가자 사무실 안에서 말소리가 들리고 있었다. 오늘은 손님이 많다.

"아리사는 정말 더는 무리야! 못 한다고."

"부탁해, 과자 더 많이 줄게."

"싫다니까. 거짓말하면 또 그렇게 깜깜해진단 말이야."

말다툼을 하는 듯하다. 아야카가 설득을 하는데 아리사가 필사적으로 거절하고 있었다.

겐이치가 품고 있던 의문이 조금이지만 풀려간다. 아리사가 가지고 있던 초콜릿, '결혼하면 안 돼'라고 말할 때의 굳은 얼굴. 그리고 이어진 정전.

잠시 후 아야카가 외치는 소리가 들렸다.

"언니, 안 된다니까. 겐이치의 마음속에는 언니가 있으니까. 나랑 결혼할 수 있을 리가 없다고."

아야카가 '언니'라고 부르는 사람은 세상에서 한 명뿐이다.

그건 즉, 그녀도 아키의 존재를 알고 있고, 대화를 나누고 있었다는 말이다.

문을 열자 아야카는 깜짝 놀란 표정을 했다. 아리사는 슬쩍 사라지고 없었다.

"아야카는 이미 아리사와 만나고 있었던 거죠?"

젠이치의 물음에 대답하지 않고 아야카가 고개를 숙였다.

"그래서 이 빌딩에 계신 분들께 묻지 않고도 그 아이의 이름이 아리사라는 걸 알고 있었던 거예요. 게다가 아리사를 통해서 아키가 창밖에 있다는 것도 알았던 거죠. ——아, 잠깐."

아야카는 젠이치의 말을 듣지 않고 나가버렸다.

사무실에 혼자 남겨진 젠이치는 지금 자신이 혼자 있지 않다는 확신이 들었다.

"아리사, 나와 주지 않겠니?"

"왜에?"

아리사가 눈앞에 확 나타났다.

"대체 무슨 일이 있었는지, 솔직하게 말해주지 않을래?"

"응, 창밖에 있는 언니는 결혼하라고 말하고 있어. 그런데 아까 그 언니가 초콜릿을 주면서 결혼하면 안 된다고 말하라고 했어."

밖에 있는 언니—— 아키의 마지막 말을, 젠이치는 다시 떠올렸다.

——하지만, 젠…… 있잖아, 아야카랑 결혼하는 건 용서해줄

게.

아리사가 창밖을 보면서 입을 움직이고 있었다.

"밖에 있는 언니가 그러는데──'두 사람이 결혼한다면 나는 사라질 거야. 다시는 나타나지 않고 겐이치가 천수를 누릴 때까지 저세상에서 기다릴게. 그게 내가 너에게 해줄 수 있는 일이니까'──라고 했어."

자매가 서로 자신과의 결혼을 둘러싸고 신경을 쓰고 있었다는 말인가.

언니의 전언을 동생이 초콜릿으로 매수해 바꾸었다. 그래서 화가 난 언니는 빌딩 전체를 정전시켰다 ──. 이래서는 가운데 끼인 아이가 불쌍하지 않은가.

"오빠는 변호사잖아. 언니들끼리 싸우고 있으니까 사이좋게 만들어줘."

"그러게, 그게 내가 하는 일이니까."

자신이 결판을 내지 않으면 안 되는 일이다.

겐이치는 후우 하고 한숨을 내쉬었다.

"밖에 있는 언니에게 전해 줘. 일단 아까는 도와줘서 고맙다고. 그리고 결혼에 대한 것 말인데……."

제5화

아리사의 정체

1

"오빠도 여기서 가게 여는 거야?"

구경하는 아리사의 질문에 대답하지 않고 남자는 5층의 빈 공간을 둘러보았다.

조용한 콘크리트 벽에서 나는 냄새, 천정에서 무수한 배선 코드가 아래로 늘어져 있었다. 이 층은 아직 가게로 꾸며지기 이전의 상태이기 때문이다. 이미 오픈한 4층까지의 가게들은 벽지 등 인테리어가 끝나 밝은 분위기였다.

이 건물의 주인이 파격적인 집세 인하를 결정한 것은 몇 달 전의 일이다. 유령 소동으로 이전의 가게들이 모두 나가면서 이 빌딩은 폐허나 다름없었다. 설마 이렇게 단기간에 활기를 띠게 될 줄이야, 놀라운 일이었다.

이건 즉 눈앞에 있는 소녀가 원인이자, 결과인 것이다.

"맞지, 여기서 가게를 하려는 거지──? 요즘 이 빌딩에 가게가 잔뜩 들어와서 활기를 띠게 되어서 너무 좋아. 여기 층에도 가게가 들어선다고 주인아저씨가 말하는 거 들었어."

"저기, 아리사."

"왜에?"

"너는 왜 이 빌딩에 있니?"

"몰라."

"정말?"

"응, 모르겠어. 여기에 있는 것도, 여기서 나가지 못하는 것도, 가족도…… 전부. 고서점 오빠도 물어봤었는데."

"그럼── 이 고양이는?"

아리사의 발치에 검은 고양이가 있었다. 조용히 그녀를 지켜보고 있다.

"초코는 친구인데 왜 같이 있는지는 몰라."

아리사가 머리를 갸웃거리며 생각을 하고 있다. 정말로 모르는 것 같았다.

"저기 있잖아, 오빠는 여기에 무슨 가게를 열 거야?"

"음, 그건, 비밀."

"뭐야아―, 못됐어, 그럼 하나만 더 물어볼게. 그 뺨은 왜 그렇게 됐어?"

196

아리사가 똑바로 가리킨 그의 왼쪽 뺨에는 긁힌 상처가 있었다.

"몰라?"

"내가 어떻게 알아."

"흐음, 그럼 그것도 비밀."

"전부 다 비밀이잖아——."

뺨을 불룩 부풀린 아리사를 남자는 눈을 가늘게 뜨고 바라보았다.

2

오후, 이치노세 고서점에는 가게 주인인 다쓰야가 아리사를 보고 있었다. 아리사는 오늘도 서서 책을 읽는 중이었다.

아리사는 매일의 일과처럼 가게에 나타나 만화책을 읽다가 손님이 오면 사라졌다. 사라졌나 싶으면 갑자기 나타나 어제 있었던 일을 즐거운 듯이 이야기하는 것이다. 아무래도 이 빌딩의 5층도 세입자가 결정된 것 같아서 이미 이야기를 나누고 왔다고 한다. 자세한 정보는 아무것도 가르쳐주지 않는 비밀이 많은 사람인 듯 했는데, 아리사는 그 사람 뺨에 상처가 있다고 알려주었다.

재미있는 것은 아리사가 매일 아침 다른 헤어스타일로 나타나는 것이다. 검은색 양갈래 머리였는데 갑자기 쇼트 커트가 되거나, 오늘은 밤색 보브 커트였다.

3층의 유지 씨가 매일 밤 가게가 끝난 뒤에 연습 삼아서 아리사의 머리를 만져준다고 한다. 그래도 아리사는 다음 날에는 다시 양갈래 머리를 하고 나타난다고 한다.

그러면서 어째서 다쓰야의 앞에는 어젯밤 헤어스타일로 나타나는가 하면 아마도 이 말을 듣고 싶어서인 것 같았다.

"그 헤어스타일 어울리네."

다쓰야가 말을 걸자 아리사가 화악 밝게 미소를 지으며 이쪽을 바라본다.

"정말?"

"응."

그 나이에 염색은 좀 그렇지만. 지금 아리사에게 뭐라고 하면 다시는 나타나지 않을 것 같아서 다쓰야는 무서웠다. 그리고 최근 들어 끈적끈적한 시선을 던지는 유지 씨도 무서웠다.

항상 하는 순간이동으로 아리사는 어느새 다쓰야 옆에 서 있었다.

"유지 씨가 있잖아, 나탈리 포트만같이 해준다고 했어. 아리사는 그 사람이 누군지 모르지만 되게 멋있는 사람이랬어."

"아아, 레옹이라는 영화에 나왔던 여자애야."

"레옹?"

"응 그 여자애는 마틸다라는 이름인데 가족이 전부——."

이 아이에게는 가혹한 스토리구나 싶어서 다쓰야가 말을 멈췄다.

"가족이…… 어떻게 됐는데?"

"응, 뭐 없어졌던가. 그래서 마틸다는 혼자가 돼."

"그래서? 아리사랑 똑같네."

"그런데 레옹이라는 청부업자가 그녀를 지켜주는—— 그런 영화야."

"흐음, 그러면 오빠가 아리사의 레옹인가?"

"나는 청부업자가 아니잖아."

"아리사를 지켜주면 되잖아."

의자에 앉아 있는 다쓰야와 똑같은 눈높이에서 일본판 마틸다가 맑은 눈동자로 바라보고 있다.

"그, 그렇네. 너는 가게의 중요한 책을 지켜주었으니까 은혜를 갚아야겠네. 다음에 너에게 무슨 일이 있으면 내가 지켜줄—— 아, 어서 오세요."

손님이 오면서 대화가 중간에 끊겼다.

얼굴이 빨개지지 않았는지 걱정이 된 다쓰야는 스마트폰을 꺼내 얼굴을 찍어보았다. 그러고 보니 아까 신기한 일이 있었다.

매일 바뀌는 아리사의 헤어스타일을 기록해둘까 싶어서 만화를 읽는 그녀에게 스마트폰 카메라를 들이대고 셔터를 눌렀다. 하지만 화면에는 아무것도 찍히지 않았다. 심령사진의 반대랄까. 기계에는 찍히지 않지만 살아있는 인간에게는 보인다는 기묘한 현상—— 이건 혹시 유령이라서 나에게만 보인다는 것일까.

"이거 주세요."

"아, 네. 감사합니다."

유령 효과라고 할지 최근 온라인 주문 외에도 가게 매상이 순조롭게 오르고 있다. 구경만 하는 손님은 그다지 없고, 한번 가게에 들어온 손님은 무엇이든 사서 나갔다. 지금도 삼천 엔의 매상을 올렸으니 오늘 벌써 합계 1만 엔 이상 벌었다.

아마도 방금 그 손님이 가게를 나가는 것과 동시에 아리사가 나타나겠지——라고 생각했지만, 틀렸다. 엇갈리듯이 2층 카페의 주인인 니노미야 씨가 들어왔다.

"바쁘세요?"

니노미야 씨는 손에 팬케이크 접시를 들고 있었다. 또 다쓰야에게 남은 걸 나눠 주려는 것 같았다.

"니노미야 씨야말로 괜찮으세요? 슬슬 점심때라 바쁘실 것 같은데."

"저희 가게는 오늘 임시 휴업이에요. 하지만 이치노세 씨에게 할 말이 있어서요. 괜찮으시면 이거 드세요."

"매번 감사합니다."

아리사가 보고 있었으면 '오빠만 먹고 치사해!'라고 말할 것 같다.

팬케이크를 테이블에 올려놓은 니노미야 씨에게 다쓰야는 동그란 작은 의자를 권했다.

"니노미야 씨가 이야기를 하러 오셨다는 건 아리사에 대한 이야기겠군요."

"네에——. 그 아이, 오늘은 왔나요?"

"아까까지 있었어요."

"아직 있을지도 모르겠네요."

그럼, 하고 니노미야 씨는 다쓰야의 옆에 앉아 귓가에 얼굴을 가까이 했다. 아리사가 듣지 않았으면 하는 비밀 이야기를 하려는 듯했다. 자연스럽게 다가와서 거북하지는 않았지만 공기를 통해 은은하게 퍼져 오는 향수의 향이 성인 여성이 아주 가까이 있다는 걸 의식하게 했다. 하지만 연애 대상으로 의식하는 것과는 다른 감정이다. 요전 날, 다쓰야는 니노미야 씨와 동년배로 보이는 남성이 빌딩 앞에 서 있다가 가게가 끝나고 내려온 니노미야 씨와 함께 역 쪽으로 걸어가는 것을 보았다. 3층 유지 씨의 정보에 의하면 니노미야 씨와 헤어진 전남편이라고 했다.

"그 아이에 대해서 어떻게 생각해요?"

"어, 어떻게라뇨?"

다쓰야는 조금 전 자신을 바라보던 아리사를 떠올렸다.

"후후, 알기 쉬운 사람이네──. 좋아한다고 얼굴에 써 있어요."

"그런, 심술궂은 이야기하지 마세요."

"미안미안. 나도 같은 마음이에요. 하지만 아리사는 유령이니까."

"저도 잘 알고 있어요."

"그럼 다행이지만, 계속 여기에 있어주면 좋겠다고 생각하죠?"

마음을 들킨 듯한 질문에 다쓰야는 움찔했다.

"그야…… 뭐, 그렇죠."

"실은 나도 그렇게 생각해요. 아리사도 계속 있고 싶다고 말하지만, 그래도 그게 그 아이에게 최선의 선택인지── 잘 모르겠네요."

니노미야 씨가 가슴팍의 주머니에서 사진을 한 장 꺼내 테이블 위에 올려놓았다.

"아."

사진 속에 찍힌 인물에 다쓰야의 시선이 빨려 들어간다.

몇 번을 시도해도 스마트폰에는 찍히지 않았던 아리사의 모습이 그 속에 있었다. 하얀 블라우스에 핑크색 조끼, 아래에는 빨간 체크무늬로 된 슬림한 바지를 입었다. 어떻게 된 건지 비슷한 차림의 또래 여자아이와 나란히 서서 웃고 있다. 이 사진에는 어떻게 찍힌 걸까.

"이거, 니노미야 씨가 찍으신 건가요?"

"누가 찍었는지는 이제 알 수 없지만, 이치노세 씨라면 누가 찍혀 있는지 알아보겠죠?"

"네에." 하고 다쓰야는 사진 속의 아리사를 가리켰다.

"하지만 아리사가 이 빌딩 바깥에 있다니, 다른 소녀와 함께 사진에 찍히다니 어떻게 된 일일까요?"

"옆에 있는 소녀."

니노미야 씨가 사진 위를 손가락으로 덧그렸다.

"저예요."

다쓰야는 순간적으로 아무 말도 하지 못했다. 밖의 도로를 가로지르는 트럭의 엔진 소리가 가게 안을 채웠다.

"깜짝 놀랐죠. 나도 이 사진을 보고 한동안 아무 말도 안 나오더라고요."

"어떻게."

"나는 이 마을 출신인데 그 아이와 처음 만났을 때 어디서 본 것 같다는 생각이 들었어요. 그래서 부모님 댁에 가서 사진을 찾아보았더니 이게 나온 거예요."

"그럼 아리사는……."

"내 친구였어요. 뒤쪽의 낮은 산처럼 보이는 데가 '고래산'이라는 곳인데, 거기에서 자주 놀았어요."

충격적인 사실에 다쓰야의 호흡이 가빠졌다. 유령이 아니라 살아 있는 사람이었다니. 이렇게 사진에 찍혀 있었던 것이다. 그대로 잘 자랐다면 옆에 있는 매력적인 성인 여성처럼 나이를 먹었을 것이다. 하지만 이 사진 그대로 남아 있다는 것은 이때부터 그녀의 시간이 멈추었다는 뜻이겠지.

"이건 언제 사진입니까?"

"자세한 기억은 남아 있지 않지만 아마도 초등학교 들어가기 전이었던 것 같아요……. 혹시 같은 나이였다면 함께 학교에 들어갔겠죠. 하지만 초등학교 앨범이나 명단을 찾아봐도 아리사라는 이름의 아이는 보이지 않았어요."

"그밖에 그녀를 기억하는 사람은……?"

"어머니께 물어봤더니 내가 그 나이 때 그 아이와 같이 놀았던 것은 기억하셨어요. 그리고 어렴풋한 기억이지만 근처의 아파트에서 젊은 어머니와 둘이서 살았다고 하더라고요. 아버지는 본 기억이 없으니까 아마도 한 부모 가정이 아닐까라고 하셨고."

"그 밖에 다른 아는 분도 없으실까요?"

"응, 하지만 어느새 모녀가 함께 사라졌다고 해요——. 그 아이가 이 동네에 살았던 것은 아주 잠깐인 것 같았어요."

니노미야 씨는 덧붙여 "이사를 가버렸을 가능성도 있겠지만"라고 말했다가 금세 "아, 그건 아니겠구나." 하고 부정했다.

왜냐하면 이사를 가서 살아 있었다면 유령이 되지 않았을 테니 말이다.

"그렇다면 이 사진을 찍은 이후 아리사에게 무슨 일이 일어났군요."

"안타깝지만 그런 것 같아요——. 그래서 여기서부터 본론인데요. 우리가 이 아이에게 뭔가 해줄 수 있는 게 없을까, 요즘 자주 생각하거든요."

니노미야 씨가 다쓰야를 똑바로 바라보았다. 다쓰야에게 그녀의 각오가 전해졌다.

"이 빌딩에서 벗어나게 해주자는 말씀이군요."

"그 아이를 진정으로 위한다면 그게 가장 좋은 게 아닐까 싶어요. 하지만 어떻게 하면 좋을지 알 수가 없어서."

"저도 도울게요. 그리고 그 아이의 편이라면 다른 사람들도 있으니까요."

'그러네요' 하면서 니노미야 씨가 미소 지었다.

다쓰야는 그 미소를 보면서 2층 카페에서 봤던 소녀의 사진과 똑같다고 생각했다.

3

"자, 선생님. 이런 느낌은 어떠신가요?"

거울 너머로 유지가 손님에게 말을 걸었다.

"아, 네에……저, 그……."

"뭐야, 예스인지 노인지 똑바로 말하지 못해?"

"그럼 솔직히 말씀드리겠습니다만, 그러니까 말이죠──. 이 머리는 변호사라는 직무에는 너무 도전적인 스타일이 아닌가 싶은데요."

요쓰야 겐이치는 거울 앞에서 머리를 좌우로 돌리며 대답했다.

"역시 안 되겠어? 어울린다고 생각했는데."

아니아니아니, 꽃미남 댄서같이 앞머리를 화악 부풀리고 옆머리는 투 블록 컷으로 싹 밀어버린 채 법정에 선다면 재판관의 심기를 거스를 것이 틀림없다.

"짧은 옆머리는 괜찮지만 앞머리가 좀 기니까 조금만 전체적으로 어울리게 다듬어주세요. 아무래도 보수적인 직업이잖아요."

"알았어. 이 상태에서 원래대로 돌아가는 것도 가능하니까 맡겨줘."

유지 씨가 콧노래를 부르며 다시 머리를 자르기 시작했다.

──유언장을 보고 상담해줬으니까 나도 무료로 머리를 해줄게요.

유지 씨가 예전에 그렇게 말했었다. 그 말을 믿고 오늘 손님이 없었던 겐이치는 3층을 기웃거려보았다. 헤어살롱 YUJI도

비슷하게 한가한 분위기였다. 유지 씨가 '오후에는 예약이 있지만 지금은 여유가 있어서 티타임 중이야'라고 말하기에 그럼 괜찮겠다고 생각한 겐이치는 사무실을 아야카에게 맡기고 거울 앞에 앉았던 것이다.

이 빌딩 사람들과 이야기 나누고 싶은 화제도 있었고.

"선생님네 사무실에도 나왔다면서요. 창밖의 사람—— 유령 이야기 들었어."

"그 이야기를 들으셨어요?"

우와, 비밀이란 없구나 싶어서 겐이치는 당황했다. 뭐 유령에게 개인정보 보호 의무에 대해서 설명해 본들 지켜줄 것 같지도 않지만.

"왼손 약지의 반지, 잘 어울려요——. 결혼 축하해요."

"감사합니다. 역시 눈썰미가 좋으세요."

그만 쓴웃음을 짓고 말았다. 이렇게 머리를 자르러 온 것은 주말에 아야카의 부모님께 결혼 인사를 드리러 가기 위해서였다. 그리고 다 같이 아키의 성묘를 갈 예정이다.

"하지만 그 아이도 많이 힘들었겠어요. 선생님, 그럼 안 되죠, 유령을 고생시키면 어떡해요."

"미안한 일을 했다고 반성하고 있습니다. 하지만 세상을 뜬 애인이 설마 창밖에서 말을 할 줄은 상상도 못 했어요."

"저도 마찬가지예요. 하지만 유령과 대화를 할 수 있는 건 아리사뿐이라 곤란하다니까요."

"유지 씨는 누가 오셨나요?"

"엄마 같은 아빠."

"네? 그게 무슨 말씀이시죠?"

"아이, 정말. 제 이야기는 아무려면 어때요. 그보다 선생님, 식은 언제 올려요? 내가 헤어랑 메이크업 해줄 수 있는데."

"감사합니다. 하지만 그 전에 아리사를 어떻게든 돕고 싶어요."

찰칵찰칵, 귓가에서 울리던 소리가 멎는다.

"응, 사실 나도 그래. 매일 밤 우리 집에 나타나주니까 나는 무료 커트 모델이 생겨서 좋긴 하지만——이대로 계속 이 빌딩에 있으면서 계속 머리를 자르러 오는 게 이 아이에게 좋은 걸까 하는 생각이 들어."

"유지 씨도 그렇게 생각하셨군요. 실은 저도 이대로는 안 되겠다고 생각하고 있었어요. 그리고 정전되었을 때 그 아이 굉장히 무서워했거든요. 무슨 일이 있었구나 싶을 정도로 심상치 않아 보였어요."

"사건이 있었던 걸까?"

"그렇지 않기를 바라야죠. 하지만 이상하지 않나요? 이 빌딩에서 나가지도 못하고 과거의 기억도 없다니."

"지박령일 거예요. 역시 이 빌딩과 관계가 있는 걸까요."

"사실 아까, 카페의 니노미야 씨가 사진을 보여주셨어요. 아리사와 니노미야 씨가 함께 찍혀 있었습니다."

"어, 니노미야 씨와 유령 소녀가……?"

"지금이 아니라, 사십 년 정도 전에 아직 어린애였던 니노미야 씨는 고가네이에 살았다고 합니다. 그때 아리사와 친구였다는 사실을 알게 되셨답니다."

"에엥?!" 유지의 목소리가 가게 안에 울려 퍼졌다. 다른 손님이 여기 있었다면 놀라 나자빠지지 않을까 걱정될 만큼 큰소리였다.

"그 아이가 요즘 생긴 유령이 아니라는 말이야? 그건 그렇겠지, 치클을 아니까 나보다 더 전에 태어난 거겠지."

"사진은 1970년대 후반에 찍은 것이라고 해요. 딱 한 장이었고요. 그렇다면 아마도 그녀는 1970년대 출생이겠죠. 니노미야 씨와 마찬가지로 여기 고가네이에서 자랐을 테고요."

"이 동네 아이라는 거네."

"하지만 알 수 있는 정보는 그것뿐이었습니다. 니노미야 씨가 그 시기 전후의 사진이나 명부를 뒤져 보았지만 그 사진을 마지막으로 아리사의 소식은 알 수 없었다고 합니다."

"그렇다면 그 아이가 귀신이 된 것은……."

"사진을 찍은 직후가 아닐까 추측하고 있습니다. 니노미야 씨는 오늘 가게를 임시휴업하고 조사하러 가셨어요. 저도 머리를 자르고 나면 이 빌딩의 등기부 등을 조사해볼까 합니다."

"그런 것도 할 수 있어?"

"직권남용이라고 생각하실 수도 있지만 그 아이에게 만약 어떤 사건이 일어났다면 제대로 된 업무이니까요. 그리고 저희는 이 빌딩의 세입자이기도 하고요."

"알았어, 나도 할 수 있는 한 열심히 도울 테니까 열심히 해. 그럼 그건 언제쯤 알 수 있을까?"

"빠르면 저녁쯤이요. 또 2층 카페에 모여서 의논할 수 있다면 좋겠네요."

"알았어. 하지만 그전에 선생님을 남자답게 만들어줄게."

──찰칵찰칵 찰칵찰칵.

경쾌한 가위소리를 들으면서 겐이치는 생각했다. 아리사가 죽은 사람의 말을 전해 주었기 때문에 자신은 인생에서 한 발짝 나아갈 수 있었다. 그렇다면 이번에는 그 아이가 '나아갈 길'을 우리가 알려주도록 하자.

방금은 업무라고 했지만 아리사의 일을 해결한들 자신에게 돌아오는 이익은 없을 것이다. 하지만 같은 유령인 자신의 전 여자친구는 기뻐할 것이다. 그것은 자신이 할 수 있는 보은일지도 모른다.

4

창밖, 인근 빌딩에 저녁 해가 비쳐서 오렌지색으로 물들어간다. 가끔 자동차 오가는 소리가 들리는 가운데 멀리서 중앙 철도 소리가 울려 퍼진다. 밖의 떠들썩함과 달리 빌딩 5층의 내부 공간은 고요했다.

남자는 가지고 있던 트렁크를 바닥에 두고 쭈그려 앉아 잠금 장치를 풀었다.

철컥철컥 금속이 부딪히는 소리가 들렸다.

"거긴 뭐가 들었어?"

아리사가 흥미롭게 들여다보았다.

아리사의 존재를 깨닫지 못한 것처럼 남자는 대답하지 않고 트렁크를 열었다. 안에 든 것은 천에 덮여 살짝 볼록하게 올라와 있었다.

그는 천을 살짝 들추더니 안에 들어있는 것을 양손으로 애지중지 들어올렸다.

"인형이네."

"응 내 소중한 보물이야."

"멋지다."

아리사가 반짝반짝 눈을 빛냈다. 그야 그렇겠지. 보통 문구점에서는 절대로 살 수 없는 귀한 물건을 물어물어 구한 것이다.

이 소녀 인형은 1970년대에 시대를 풍미했었다. 새로운 시리즈가 나오면 자식을 끔찍이 사랑하는 부모들이 완구점 앞에서 밤새 줄을 서는 바람에 사회 현상이 될 정도였다. 하지만 눈앞의 소녀는 그렇게 붐이 일었던 귀한 인형인지도 모른 채 좋아하면서 인형을 쓰다듬고 있었다.

그렇다는 말은 역시 이 소녀는 인형에 대한 것도 기억하지 못한다는 말인가.

"다른 것도 있는데, 볼래?"

"응."

밖을 물들이던 오렌지색 석양이 점점 어두워지는 것이 느껴졌다. 이제 곧 해가 진다, 이 공간도 어두워지고 있는데 아리사는 인형에 집중하느라 그것도 모르는 것 같았다.

가져온 인형은 전부 세 명── 인형은 보통 세 개라고 세는 게 맞지만 일부러 세 명이라고 부르고 있다. 그에게 인형은 취미로 모으는 완구가 아니라 사랑하는 대상이기 때문이다.

한 명, 두 명, 트렁크에서 인형을 꺼내 맨 콘크리트 바닥에 내려놓는다.

"알았다. 오빠는 인형을 파는 사람이구나, 그래서 오늘은 그걸 아리사에게 보여주러 온 거야."

후후, 그가 웃었다.

"인형을 남에게 팔지는 않아. 이렇게 수집만 할 뿐."

트렁크에 들어 있던 모든 인형을 늘어놓았다. 아름답다. 그야말로 아름다운 나의 컬렉션들이다. 하지만 안타깝게도 한 명이 부족하다. 이 소녀 때문에…….

"……저기 아리사, 이 빌딩에서 나가지 않겠니?"

"안 될 거야. 나갈 수 없는걸."

"나는 널 여기서 꺼내줄 수 있어."

음, 아리사는 몇 초간 고민을 했다. 이 아이는 어째서 고민할 필요가 있지? 몇십 년이나 이 빌딩에 갇혀 있었는데.

"역시 안 나갈래."

"어, 어째서?!"

의외의 대답에 그는 당혹감을 감추지 못했다.

"왜냐면 아리사는 이 빌딩이 좋단 말이야. 만화도 볼 수 있고, 맛있는 팬케이크도 먹을 수 있고, 헤어스타일도 매일 바꿀 수 있거든."

"엄마 아빠와 만나고 싶지 않아?"

아리사는 쇼트 보브 컷이 된 머리를 좌우로 흔들었다.

"아빠에 대해서도, 엄마에 대해서도 잘 모르니까 만나고 싶다고 생각한 적 없어. 그러니까 이 빌딩이 좋아."

"계속 여기에 있잖아. 밖에 나가고 싶다고 생각한 적 없다고?"

"이 빌딩에 계속 있었지만 옛날에는 아리사를 보면 다들 무섭다고 도망쳤거든. 하지만 지금 사람들은 도망가지 않아. 다들 아리사에게 친절하게 대해준단 말야. 그러니까 계속 여기에 있고 싶어."

"그, 그래도 나가보자. 이런데 계속 있으면⋯⋯."

"저기 오빠는 왜 아리사를 내보내고 싶어 해?"

아리사가 맑은 눈으로 빤히 쳐다봐서 남자는 그만 시선을 피하고 말았다.

이 아이는 겉모습은 어린아이처럼 보여도 몇십 년이나 이 빌딩에 갇혀 있었다. 그동안 마음은 성장하고 있었던 건지도 모른다.

그렇다고 이 아이가 계속 여기에 있으면 곤란하다.

"오빠 목적이 뭐야?"

아리사가 추궁하자 남자의 표정이 굳어졌다.

"아니⋯⋯ 나는 그냥 인형을 가져가고 싶을 뿐이야 왜냐면 너는⋯⋯."

그렇게 말하면서 남자가 아리사에게 다가갔을 때.

하악!

두 사람의 실랑이를 보고 있던 검은 고양이가 갑자기 하악질을 하며 털을 곤두세웠다.

"초코, 왜 그래? 왜 화가 났어?"

5

《1970년대, 도쿄, 소녀, 사건》

이런 키워드로 검색하자 맨 위에 뜨는 항목은 '서도쿄 소녀 연속 살인사건'이었다. 1978년부터 79년에 걸쳐 도쿄 서부에서 취학 전인 세 명의 소녀가 납치당한 후 사체로 발견된 참혹한 사건이다.

손님이 끊긴 저녁 시간, 이치노세 다쓰야는 가게 안에 앉아 컴퓨터로 검색을 하고 있었다.

이런 사건이 있었다는 건 부모님께 들은 기억이 있다. 자신이 태어나기도 전에 일어난 일이라 실감은 나지 않았다. 사건 경위를 읽는 것만으로도 사건의 참혹함과 붙잡힌 범인의 특이함이 전해져왔다.

검색에 이 사건이 떴을 때 아리사와의 관련이 있을 거란 생각이 바로 머리에 떠올랐다. 하지만 살해당한 소녀들의 신원도 다 판명되었고, 이제 이름들은 지워졌지만 관련 사이트를 찾아다니다보면 희생자들의 사진이 떠서 자연스럽게 확인할 수 있었다. ──거기에 아리사는 없었다.

그렇다면 아직 발견되지 않은 범죄가 있고, 아리사는 그 피해자일 수도 있다는 의심이 든다. 하지만 그것도 짐작일 뿐. 발견되지 않았다고 해도 그녀의 부모님이 경찰에 실종 신고를 했을 것이고 사건이 있었던 지역에서 행방불명 된 소녀가 더 있었다면 매스컴에서 더 떠들어댔을 것이다. 하지만 그런 기록은 보이지 않았다.

즉 이 사건과 아리사는 관련이 없다고 보는 것이 맞을 거라고 생각하며 다쓰야는 안도했다. 그렇다면 다른 사건이 있었던 게 아닐까.

니노미야 씨에게서 메시지가 왔다.

《2층으로 와주실 수 있어요?》

단서를 잡은 것일까. 그러고 보니 4층의 변호사 씨도 오후에 나가서 이 빌딩에 대해 알아보겠다고 했었다.

이 빌딩의 모든 사람이 아리사를 위해 움직이고, 그녀를 여기에서 해방시켜 주기를 원한다. 다쓰야는 자신이 할 수 있는 일은 무엇일까 생각해보았지만, 이렇게 가게를 보면서 인터넷을 검색하는 정도뿐이다. 답답하지만 별 다른 수가 없었다.

'갈게요' 하고 답변한 다쓰야는 평소보다 빠르게 정리하고 영업을 끝냈다. 아리사의 모습은 보이지 않았다. '5층 오빠가 좋은 거 보여준대'라고 방금 전 아리사는 그렇게 말하고는 들뜬 목소리로 사라졌다. 새로운 세입자와 아주 사이가 좋아진 것 같았다. 다쓰야는 그 사람도 다음에 불러야지 하고 생각했다.

가게 밖을 보니 서쪽의 햇살에 붉은 기운이 더해간다. 이렇게 오늘 하루도 무사히 끝나는구나, 생각하게 되는 순간이다.

한편으로는 아리사에 대해서 생각하게 된다. 유령이 되어 가게 안에서 만화책을 서서 읽는 게 일상인 그녀에게도 인간으로서 살았던 시기가 있었던 것이다. 그리고 무언가의 사고로 유령이 되어 이 빌딩에 갇히게 되었다. 아리사는 세입자들의 마스코트 같은 존재가 되었지만 이대로 계속 지내는 건 좋을 게 없다.

하지만.

혹시 모든 것이 밝혀지고 그녀가 이 빌딩에서 사라진다면 그건 즉 헤어짐의 순간——이 오는 것이다. 하지만 그건 그녀에게, 그리고 나에게……. 계속이 생각이 맴돈다고 생각하며 다쓰야는 쓰게 웃었다. 가게 정리를 끝낸 다쓰야는 영업을 끝내고 2층으로 올라갔다.

"고서점 씨 늦었잖아."

커피를 든 유지 씨가 다른 한 손을 흔들며 맞아주었다. 입구 앞 4인용 테이블에 유지 씨와 요쓰야 변호사가 나란히 앉아 있다. 다쓰야는 두 사람 맞은편에 앉았다.

"헤어살롱 영업은 안 해도 괜찮으세요?"

"저녁 손님이 캔슬해버렸다구. 이게 다 유령 소녀를 도우라는 하느님의 뜻이 아니겠어? 그래서 가게는 얼른 닫아버리고 이렇게 올라왔다는 말이지."

유지 씨가 있으면 심각한 이야기도 밝아지니까 잘됐다.

"그럼 이제 시작해볼까요."

4층의 변호사, 요쓰야 씨가 서두를 꺼내자 '아, 잠깐만 기다려줄 수 있을까요' 하며 테이블 옆에 서 있던 니노미야 씨가 말을 막았다.

"오늘은 중요한 이야기라서 건물 주인인 가모시타 씨께도 와주십사 말씀을 드렸어요. 금방 온다고 하셔서요."

——딸랑.

도어벨이 울리는 것과 동시에 타이밍 좋게 가모시타 씨가 들어왔다.

"안녕하세요."

어라, 다쓰야는 가모시타 씨의 표정이 평소보다 심각해 보인다고 느꼈다. 뭐, 그럴지도. 세입자들이 전부 모여 유령 소동에 대해 의논하자고 부른 거니까.

가모시타 씨가 자리에 앉는 것을 기다려, 요쓰야 변호사가 전원을 둘러보았다.

"그럼 여러분, 모두 모이셨으니 이 빌딩, 스카이 카사 무사시코가네이에 살고 있는 아리사라는 유령에 대해서 의견 교환을 하고자 합니다. 우선 니노미야 씨, 사진에 대해서 다시 한번 설명해주세요."

"그렇네요. 가모시타 씨에게도 설명을 드려야 하겠죠."

그렇게 말한 니노미야 씨가 앞치마 주머니에서 점심 전에 보여줬던 사진을 꺼냈다.

"이치노세 씨와 요쓰야 씨에게는 보여드렸는데요. 이건——제가 초등학교에 들어가기 전쯤에 찍은 사진이에요. 여기에 저와 이 빌딩에 살고 있는 아리사라는 소녀가 함께 찍혀 있어요."

헉, 가모시타 씨가 숨을 들이쉬는 소리가 들렸다.

"이때는 아리사가 아직 인간이고 제 친구였어요. 지금 나타나는 그녀와 똑같은 모습이기 때문에 이 뒤에 무슨 일이 있었을 거라고 추측하고 있어요. 그런데."

유지 씨와 가모시타 씨의 사이에 사진을 두고 니노미야 씨가 좌우로 천천히 고개를 저었다.

"아무래도 40년이나 전의 일이라 저는 거의 기억이 나지 않아요. 그래서 오늘 오후에 이 아이를 아는 사람이 없는지 주변에 물어보았어요."

"정말이네. 내가 매일 밤 머리를 잘라주는 유령 소녀잖아."

유지 씨가 사진을 들여다보며 흥분했다. 대조적으로 주인인 가모시타 씨는 굳은 얼굴로 사진을 보려고도 하지 않았다.

"당시 우리 집 뒤에 목조 주택이 있었는데요. 이미 지금은 아파트가 되어버렸지만 그곳 주인분이라면 기억하시지 않을까 싶었어요."

"어, 하지만⋯⋯" 하고 다쓰야가 말을 끊었다.

"14년 전의 일이잖아요. 건물주분들 중에 젊은 분은 거의 없는데."

"맞아요. 당시 주인분은 돌아가셨지만 자제분이 물려받아 건물 주인이 되셨더라고요. 그래서 제가 사진을 보이며 사정을 설명하자 부친께서 아파트를 경영하실 때 쓰시던 세입자 명부를 찾아주셨어요."

"어머, 나이스." 유지 씨의 목소리가 들떴다.

"그래, 입주자를 파악하기 위한 명부가 있었구나. 하지만 조사해보아도 1970년대 거주자 중 아리사라는 이름의 소녀는 없었어요. 하지만 그분이 아파트에 젊은 어머니와 작은 여자아이가 살았던 기억이 있다고 해서서."

"어, 뭐, 어떻게 된 거야? 살았는데 명부에 없다니."

"이건, 제 예상과 비슷하네요."

요쓰야 변호사가 커피를 한 모금 마셨다.

"가끔 부모의 사정으로 명부는 물론이고 주민표, 호적에조차 존재하지 않는 아이가 생깁니다."

"그게 무슨 말이에요, 설명해줘요."

"네. 예를 들면 남편과 이혼한 여성이 새로운 파트너와 아이를 낳았다고 합시다. 하지만 이혼하고 300일 내에 태어난 아이는 전 남편의 아이가 됩니다. 그게 싫었던 어머니가 아이의 호적을 만들지 않았다. 그러면 호적이 없는 아이가 되는 거죠."

허어어어, 탄식 같은 한숨소리가 카페 아스카 안에 울려 퍼진다.

"그밖에도 어머니가 사정이 있어서 출산을 하고도 호적 신고서를 내지 않거나, 또 이런 경우도 있죠——. 양친이 이혼하면 보통 아이의 호적은 아버지 쪽에 올라갑니다. 하지만 양육은 어머니가 하는 경우가 많습니다. 그런 경우에도 아이는 어머니 호적에는 올라가지 않습니다."

"즉, 유령 소녀가 그 아파트에 살았다고 한다면 그 어머니에게는 어떠한 사정이 있어서 명부에 이름을 올리지 않았다는 말이네."

"네, 하지만 어디까지나 추측입니다."

"아, 그런데 그분 말씀으로는······"라고 하며 니노미야 씨가 얼굴을 들었다.

"두 사람은 사정이 있는 모녀처럼 보였대요. 그리고 어머니가 역 앞에서 술장사를 해서 남자들의 출입이 잦았다고 해요."

"우와, 이런저런 사정이 있는 유령 소녀였구나."

유지 씨가 안타깝다는 듯이 말하며 사진을 집어 들더니 동정하는 눈으로 지그시 바라보았다.

"아아아아앗!"

유지 씨가 갑자기 큰 소리를 내서 모두 깜짝 놀라 움찔 몸을 떨었다.

"갑자기 뭡니까, 놀라게 하지 마세요."

"고서점 씨, 당신 점심때 이 사진을 봤다고 했죠?"

"네에 그게 왜요?"

"이걸 눈치 채지 못한 거예요?"

유지 씨가 다쓰야 앞에 사진을 들이대면서 오른쪽 끝자락을 가리켰다. 작고 검은 점 같은 것이 찍혀 있었다.

"아, 아아아!"

그게 무엇인지 깨달은 다쓰야도 그만 소리를 질렀다.

사진의 중앙에는 아리사와 어린 니노미야 씨, 뒤에는 낮은 산이 찍혀 있었다. 하지만 유지 시가 가리킨 것은 그녀들의 오른쪽에 오도카니 앉아 있었다.

"이거 아리사와 항상 같이 있던 검은 고양이잖아."

다쓰야의 말에 니노미야 씨와 요쓰야 변호사도 사진 속에 들어갈 기세로 얼굴을 들이댔다.

"정말이네. 고양이가 있어. 하지만 이거 그 고양이가…… 아."

니노미야 씨가 이마에 손을 댔다. 옛날 기억이 돌아오는 모양이었다.

"맞아, 있었어. 그때, 그 아이와 사이좋은 검은 고양이가."

"정말?"

"그 아이가 먹이를 주곤 해서, 잘 따랐지. 그래서 우리가 놀고 있으면 옆에서 지그시 지켜보곤 했었어요. 마치 지금처럼."

"그렇단 말은……." 다쓰야는 추측해보았다.

"그 검은 고양이도 무언가의 사정으로 유령이 되어서 아리사와 함께 이 빌딩에 있는 거야."

하지만 이 정보만으로 해결의 실마리를 찾기는 어려워 보인다.

"지금까지 나온 이야기를 다시 한번 정리해보죠."

요쓰야 변호사가 검은 수첩을 열었다.

"아리사라고 하는 소녀 지박령에 대해서 여러분이 모은 정보는 다음과 같습니다. 우선 그녀가 이치노세 고서점에서 즐겨 읽는 〈히토미〉라는 소녀만화 잡지. 이것은 1978년부터 1991년까지 발행된 잡지입니다."

"마법소녀 치클을 좋아한다며 주제가를 불렀어."

"네에, 유지 씨가 말씀하신 작품은 만화를 TV 애니메이션으로 만든 것인데 이것도 만화와 같은 시기인 1978년에 방송되었습니다."

"역시 제가 초등학교에 들어가기 전과 같은 시기네요."

"그렇네요. 그러면 니노미야 씨의 기억이 그녀를 구할 힌트가 될지도요."

'음……' 니노미야 씨가 팔짱을 끼고 고개를 숙였다.

"그렇네요. 하지만 저는 그 아이와 놀았던 기억은 있지만 그밖의 다른 기억은 없어요……. 아리사라는 이름조차 잊어버렸을 정도라서……."

"고양이에 대해서는 기억해냈잖아. 괜찮아요. 천천히 기억을 떠올려봐요."

"감사합니다."

니노미야 씨는 작게 고개를 끄덕이더니 다시 기억의 실타래를 풀기 시작했다.

"그리고…… 가모시타 씨에겐 죄송하지만 제가 변호사의 일을 하다 보니 이런 부분에 신경이 쓰이더군요."

요쓰야 변호사가 양복 안주머니에서 종이를 꺼냈다.

"스카이 카사 무사시코가네이의 등기부등본입니다. 여기에는 이 빌딩에 대한 정보가 기재되어 있습니다."

"그, 그걸 왜."

허를 찔린 듯 가모시타 씨가 눈을 동그랗게 떴다.

"결코 가모시타 씨를 의심하는 게 아닙니다. 단지 저는 이 빌딩에 대해 알고 싶었을 뿐입니다."

그렇게 말하더니 요쓰야 변호사가 접혀 있던 자료를 펼쳤다.

"아리사가 지박령이라는 말은 뭔가 사정이 생겨서 이 빌딩에서 나갈 수 없게 되었다는 말이죠. 그런데 이 빌딩의 세입자들과 관계가 있는 유령들은 이 빌딩에 들어올 수 없습니다. 그래서 역시 이 빌딩에는 무언가 이유가 있는 게 분명하다고 생각했습니다. ……하지만."

요쓰야 변호사가 펼친 자료를 테이블 위에 놓았다.

"이것을 보아서는 특별한 문제는 없어 보입니다. 어두운 공간을 이상스럽게 무서워하는 아리사── 그녀가 갇혀 있을 법한 장소도 보이지 않고, 등기의 내용도 사실 그대로입니다. 오십년 전에 지어진 이 빌딩은 1층에서 5층까지 점포용 플로어가 있다고 기재되어 있습니다. 그러니 가모시타 씨 안심하세요."

"휴우…… 네."

"그렇다면 그 유령 소녀는 어째서 여기에 있는 것일까."

"역시 어떤 사건이 일어났었다고 생각할 수밖에 없죠."

──사건.

그 단어에 다쓰야가 반응했다.

"저…… 아까 조사해보니 그 시기에 어린 소녀의 유괴 살인 사건이 있었어요."

곧바로 니노미야 씨가 '앗' 하고 반응했다.

"있었어. 딱 그 사진을 찍었을 때쯤."

"나도 생각이 나네요. 도쿄 서부에서 취학 전의 여자 아이를 유괴해서 수일 후 사체가 발견되었던 기분 나쁜 사건이었죠. 붙잡힌 남자는 정신 감정도 받았지만 결국 사형 판결을 받았고…… 지금으로부터 십오 년 쯤 전에 사형이 집행되었을 겁니다."

"역시 변호사 선생님, 잘 아시네요. 제가 기억할 정도니까 그건 정말 큰 사건이었나 봐요."

"맞아요. 저는 당시에 범인이 노리는 나이 대라서 부모님이

예민해지고…… 범인이 잡혔다는 뉴스가 속보로 방송됐을 때 다 같이 박수를 쳤던 기억이 있어요."

"저기…… 그 말인즉."

유지 씨가 숨을 삼켰다.

"유령 소녀가 그 사건의 희생자라는 말이군."

"아뇨."

다쓰야가 바로 부정했다.

"저도 최악의 가능성을 생각해보았는데요, 희생되었던 소녀 중에 아리사는 없었습니다. 그리고 만약 그녀가 행방불명되었 다면 어머니가 경찰에 신고를…… 아."

아까의 대화가 생각나 다쓰야의 고동이 빨라졌다.

"혹시…… 아리사가 호적이 없는 아이라고 치고, 어머니가 무언가 사정으로 실종 신고를 하지 않았다고 한다면……."

순식간에 무거운 분위기가 되었다. 잠시 동안 아무도 말을 잇지 못했다.

"하, 하지만 그 연쇄 살인 사건과 이 빌딩 사이에는 아무 연 결고리도 없잖아요. 그러니까 저는 그렇게 비관적으로 생각하 고 싶지 않아요."

"음." 하고 요쓰야 변호사가 팔짱을 꼈다.

"가능성은 있어요. 올해에도 모자 가정의 어머니가 교제 상 대의 집에 틀어박혀서, 아이를 자택에서 아사시킨 사건이 있었습니다. 부모가 자기 형편 때문에 아이를 버리는 건 있을 수 있는 이야기입니다."

요쓰야 변호사가 가방에서 휴대전화를 꺼냈다.

"——서도쿄 소녀 연속 살인 사건을 더 자세히 조사해보죠……. 아, 이거군요. 범인은 고토 쓰토무. 도쿄 서부 자산가의 장남으로 인형을 수집하는 취미가 점점 심해져 결국에는 살아 있는 소녀를 컬렉션으로 삼으려고 감금, 그러다 저항하는 아이를 죽여버렸다…… 음."

뭔가를 발견했는지, 변호사가 전화기의 화면과 등기부 등본을 번갈아가며 보았다.

"설마…… 그런……."

"왜, 왜 그래요 선생님. 뭔가 알아냈나요?"

"네에, 제가 틀렸길 바라지만…… 가모시타 씨."

가모시타 씨를 똑바로 바라본다.

"왜, 왜 그러시죠?"

"이 기록에는 소유자의 이력도 남아 있는데요. 아버님께서 1979년에 이 빌딩을 전 소유자에게 구입했다고 되어 있습니다. 그때의 일이 기억나시나요?"

"아, 아니요. 저는 그때 회사를 다니고 있어서 아버지의 부동산 경영에 대해서는 아무것도 모릅니다."

"그러면, 전 소유자의 이름도."

"모릅니다."

"그러시군요……."

후우우우. 요쓰야 변호사가 깊이 한숨을 내쉬었다.

"유감이지만 점과 점이 연결되었습니다. 이 빌딩의 전 소유주로 기재되어 있는 이름은 소녀 연쇄 살인 사건의 범인인 고토 쓰토무의 아버지—— 고토 시게루입니다."

모두의 눈이 휘둥그레졌다.

"아마도 같은 사람이겠죠. 사건 후 아들의 죄를 갚기 위해 가지고 있던 부동산을 팔아야만 했을 겁니다."

그 말에 다쓰야도 전화기를 꺼내 검색해보았다. 거짓말, 그런 이야기는 믿을 수 없어. 믿을 수 없다기보다 믿고 싶지 않다는 것이 진심이었다.

하지만 사건에 관한 사이트에는 사건 후 스스로 목숨을 끊은 부친의 사진과 체포되어 호송되는 고토 쓰토무의 얼굴 사진이 실려 있을 뿐…….

"아, 아아아."

"고서점 씨 왜 그래요?"

다쓰야는 유지 씨의 물음에 대답하지 못할 만큼 동요하고 있었다.

고토 쓰토무의 볼에 긁힌 것 같은 상처가 있었던 것이다.

"가모시타 씨."

228

“아, 네.”

“이 빌딩의 5층에 새로운 세입자가 왔다고 들었는데요.”

다쓰야의 말에 가모시타 씨가 주춤거리면서 크게 고개를 저었다.

“누가 그러던가요……. 5층에는 아직 입주 희망자가 없어서…… 어, 이치노세 씨.”

가모시타 씨가 말을 끝마치기도 전에 다쓰야는 카페 아스카를 뛰쳐나갔다. 엘리베이터를 기다리는 것보다 5층까지 뛰어올라가는 게 빠를 것이다.

젠장!

이게 무슨 일이야!

다쓰야는 숨을 몰아쉬면서 계단을 뛰어 올라갔다.

슬플 정도로 술술 의문이 풀려간다. 역시 아리사는 살인범의 손에 걸려 목숨을 잃고 이 빌딩의 지박령이 된 것이다. 그리고 우리들이 이야기하던 뺨에 상처가 있는 살인범과 5층에서 만난 것이다.

“잠깐만! 고서점 씨!”

유지 씨를 시작으로 아래에서 쫓아오는 구둣발 소리가 울렸지만 다쓰야는 그 소리를 뿌리치듯 3층, 4층을 뛰어 올라갔다.

나는 그 아이에게 무엇을 해줄 수 있는가. 그런 건 잘 모르겠다. 하지만 그 아이가 마틸다라면 나는 레옹이 되어야만 한다.

──아, 그런데.

다쓰야는 5층까지 올라와서야 정신을 차렸다. 나는 이 층의 세입자가 아니니까 열쇠가 없구나. 당연히 안으로 들어갈 수도 없다.

멍하니 문 앞에 서 있는데 유지 씨와 다른 사람들이 숨을 몰아쉬면서 따라왔다.

"정말─, 뭐야. 갑자기 뛰쳐나가고."

"아리사가 그랬어요. 5층에 새로운 세입자가 왔는데 그 사람 뺨에 긁힌 것 같은 상처가 있었다고…… 가모시타 씨 열쇠 있으신가요."

"열쇠는 있지만, 이 안에는 아무도 없는데요."

"부탁드립니다. 열어주시면 안 될까요."

휴우, 하고 한숨을 쉰 다음 가모시타 씨는 다쓰야의 기세에 눌려 납득이 가지 않는다는 표정으로도 주머니에서 마스터 키를 꺼내 5층 문을 열었다.

끼이익, 문이 열렸다. 오래 기름칠을 하지 않은 경첩에서 둔탁한 소리가 났다. 해가 넘어가기 직전이라 창밖에는 석양의 오렌지색은 빛이 바래고 어둠이 깊어지고 있었다.

콘크리트가 다 드러난 공간에는 사람이 있던 흔적은 없고 밀폐되어 있던 답답한 공기만이 가득했다.

하지만 유령들은 모습을 감출 수 있는 존재다. 다쓰야는 그들의 행적을 찾기 위해 공간 중앙까지 들어가 주변을 둘러보았다. 아리사, 너는 지금 어디에 있니. 곤경에 처했다면 들켜도 상관없으니 큰 소리로 도움을 청해줘.

"고서점 씨. 여기에 고토 쓰토무와 유령 소녀가 있어?"

"그렇게 말했었어요. 상대가 고토 쓰토무인지는 몰랐던 것 같고, 사건에 대해서도 기억하지 못할 거라고 생각합니다. 하지만 어떻게 사형당한 사람이 나타난 걸까요."

"그건 제 추측이지만…."

후우, 후우, 요쓰야 변호사가 숨을 고르며 다쓰야를 보았다.

"아마도 살인범은 무언가 사정이 있어 결계 같은 것을 쳐서 아리사를 이 빌딩에 가둬두었을 겁니다."

"과연, 유령 소녀가 빌딩 밖으로 나가지 못하는 것은 지박령이기 때문이라고 생각했지만 결계라고 생각하면 다른 유령들이 들어오지 못하는 것도 이해가 되네요."

유치 씨가 고개를 끄덕였다.

"하지만 우리가 이 빌딩에 오면서 상황이 바뀌었어요."

"선생님, 그게 무슨 말인가요?"

"아리사를 두려워하지 않고 오히려 호의적으로 받아들이는 세입자, 우리들이 빌딩에 들어온 겁니다. 게다가 우리는 그녀를 위해 움직이기 시작했어요. 즉, 살인범의 입장에서는 가둬놓은 아리사의 존재가 밝혀지면 좋지 않겠죠. 그러니 그전에 억지로 데려가려고 하는 겁니다."

"그렇다면 그 아이는…… 이제 여기에는."

모두가 숨을 죽였다. 유령이라 모습은 보이지 않지만 아리사는 이미 끌려간 건지도 모른다.

"아니, 아직 괜찮을지도 몰라요."

다쓰야가 목소리를 높였다.

"아리사 말로는 고토 쓰토무가 어제부터 이 빌딩에 나타났다고 해요. 억지로 데려갈 생각이었다면 아리사는 이미 사라졌을 겁니다. 하지만 좀 전까지도 저희 가게에 있었어요. 따라서 이 빌딩에서 나가려면 그녀 자신의 의지가 필요한 게 아닐까 싶습니다."

"그 아이는 팬케이크를 먹을 때 여기에서 나가고 싶지 않다고 했었어."

"그러길 바랍니다. 그리고 신경 쓰이는 부분은 고토 쓰토무에게 좋지 않은 부분은 무엇인가——입니다. 아리사는 아무것도 기억하지 못하니까 혹시 그녀가 기억을 되찾는다면 그에게 뭔가 곤란한 일을 알고 있다는 거죠."

"그건 유령 소녀 자신이 살해당할 때의 기억일까?"

"여죄가 밝혀지는 건 좋지 않겠죠. 하지만 앞서 세 사람이나 죽여서 사형을 당했던 고토가 이제 와서 현세의 여죄에 집착할까 생각해보면—— 이것도 제 추측입니다만 이 세상에 남겨둔 것이 있고 그것과 아리사가 관계가 있는 게 아닐까 싶습니다. 아마도 이 빌딩 어딘가에."

"선생님 훌륭한 추리네요. 하지만 이 빌딩의 어디에…… 아."

"아아아앗―――!"

유지 씨의 새된 절규가 다시 한번 넓은 공간에 울려 퍼졌다.

"저, 생각났어요. 1층 복도를 깡충깡충 뛰어다니다 보면 바닥의 한 부분만 울리는 소리가 달라요."

"네, 하지만." 다쓰야는 반론했다.

"등기부에는 지하층에 대한 기록이 없는데요."

"아, 하지만." 요쓰야 변호사도 무언가 떠올렸다.

"부동산 등기 절차에 천장 높이가 1.5미터 미만인 지하실은 바닥 면적에 넣지 않는다―는 게 있습니다. 따라서 지하층으로 기재되지 않은 공간이 존재할지도 모릅니다."

요쓰야 변호사의 말에 다들 서로의 얼굴을 바라보았다.

6

"이것 봐, 여기만 투웅 하는 게 소리가 다르잖아."

유지 씨가 발을 구르자 주위의 바닥과는 다른 소리가 울렸다.

"가모시타 씨 괜찮으실까요?"

쇠지렛대를 든 요쓰야 변호사가 확인하듯 묻자 건물 주인인 가모시타 씨가 작게 끄덕였다.

"여기까지 왔으면 저도 건물 주인으로서 결단을 내릴 수밖에 없지요. 부탁드립니다."

이 말을 듣고 다쓰야와 요쓰야 변호사는 손에 든 쇠지렛대로 바닥 타일을 벗기기 시작했다. 오랜 시간 동안 딱딱해진 타일은 순식간에 파삭파삭 잘게 부서지고 아래에 있던 사방 1미터 정도 크기의 철판이 모습을 드러냈다.

다쓰야 쪽에 손을 넣는 구멍이 있어서 들어 올리면 아래로 내려갈 수 있을 것 같았다.

다쓰야가 손을 넣어 묵직한 철문을 연다. 꿀꺽, 뒤에 있던 유지 씨가 침을 삼키는 소리가 울렸다.

"유지 씨, 불을 비춰주세요."

"응."

유지 씨가 손전등으로 조심조심 내부를 비추자 요쓰야 변호사의 지적대로 높이 1.5미터가 되지 않는 낮은 공간이 나타났다. 앞에는 철제 사다리가 있었다. 공간은 생각보다 좁고 길어서 1층 다쓰야의 가게까지 이어질 것 같았다.

"이치노세 씨와 내가 먼저 들어갈게요. 여러분은 어쩌시겠습니까."

"다, 당연히 같이 가야지."

요쓰야 변호사의 질문에 유지 씨가 떨리는 목소리로 대답했다. 니노미야 씨를 보니 조금 주저하는 표정이었지만 금세 응하고 강하게 고개를 끄덕였다.

"저, 저도 이 빌딩의 관리자로서 함께 들어가겠습니다. 이런 지하 공간이 있었다니 생각지도 못했네요."

이걸로 다섯 명이 모두 지하로 내려가게 되었다.

다쓰야부터 천천히 사다리를 내려갔다. 숙이지 않으면 머리를 부딪칠 만큼 천장이 낮았다.

다쓰야는 거기에 무엇이 있을지 반쯤은 알고 있었지만 마음 한편으로는 그것이 틀렸기를 바랐다. 위에 있는 유지 씨에게 손전등을 건네받아 내부를 비춰보았다.

다다미 넉 장 정도의 길쭉한 공간에는 아무것도 없었다. ──하지만 그 가장 안쪽에 작은 맹꽁이자물쇠가 걸려 있는 철문이 보였다. 다쓰야가 보통 가게를 지킬 때 앉아 있는 자리의 바로 아래 같았다.

모두 내려오자 다쓰야는 철문에 불빛을 비췄다.

"자물쇠가 잠겨 있어요. 가모시타 씨, 부숴도 되겠습니까."

"네, 괜찮습니다."

가모시타 씨의 허락을 얻어 다쓰야는 맹꽁이자물쇠에 쇠지렛대를 걸고 강하게 잡아당겼다. 세월이 많이 지나긴 했지만 철제 자물쇠는 쉽게 부서지지 않았다.

쾅!

쾅!

둔중한 소리가 지하 공간에 울려 퍼진다. 다쓰야는 쇠지렛대를 세게 누르며 생각했다. 이대로 열리지 않았으면—— 하지만 열리지 않으면 영원히 해결되지 않을 것이다…….

까앙. 전과 다른 소리가 울리고 자물쇠가 바닥에 툭 떨어졌다. 이 자리에 있는 다섯 명 중 누구도 말을 하지 않았다. 드디어 그때가 온 것이다.

끼이이익. 다쓰야가 자물쇠가 떨어진 철문에 손을 대고 천천히 앞쪽으로 당겼다.

그의 뒤에서 손전등을 비춰주던 유지 씨의 손이 떨리며 빛줄기가 잘게 흔들렸다.

문이 열리고 나타난 공간.

그 안쪽에 빛이 닿았다.

작은, 아주 작은 물체가 힘없이 가로로 누워 있었다.

입고 있던 옷으로 보이는 넝마 조각은 색이 바라 있었다. 그 옷 밖으로 나와 있는 새하얀 손발의 뼈. 그리고 외롭다는 듯 이쪽을 향해 있는 두개골의 구멍.

"아아…… 아아아아아."

등 뒤에서 니노미야 씨의 오열이 울려 퍼진다.

최악의 사실이 적나라하게 다쓰야와 일행들의 앞에 모습을 드러냈다.

자세히 보니 달라붙듯이 또 하나의 백골이 있었다. 작은 동물의 뼈였다.

"허억…… 으아아아악!"

처량한 비명을 지르며 가모시타 씨가 출구를 향해 갔다. 삐걱삐걱 철사다리를 올라가는 소리가 들려와 가모시타 씨가 허둥지둥 지상으로 뛰쳐나가는 중임을 돌아보지 않아도 알 수 있었다.

다쓰야는 철문 앞에서 한 발짝도 움직이지 못하고 우두커니 서 있었다. 니노미야 씨가 그 옆을 지나쳐 아리사의 유골이 있는 곳으로 달려갔다.

"괴로웠지…… 무서웠지……. 이렇게 어두운 곳에서 몇십 년이나 갇혀 있었구나."

겨우 남아 있는 옷, 그 옆에 굴러다니는 두개골을 니노미야 씨가 자기 아이를 품듯이 어루만졌다. 아이를 잃은 슬픔을 아는 사람의 말은 그 누구의 말보다도 무거웠다.

훌쩍, 훌쩍. 유지 씨가 코를 훌쩍였다.

"그렇게 명랑하고 착한 아이가…… 어째서 이런 일을 당하지 않으면 안 되는 거예요."

"어둠을 무서워하던 이유가…… 이거였군요."

요쓰야 변호사의 목소리가 분노로 떨리고 있었다.

"이 공간을 숨기기 위해 철판 위에 바닥 타일을 깐 사람은 그의 아버지라고 생각됩니다. 자식이 저지른 여죄가 밝혀지지 않도록……. 그리고 이 빌딩을 가모시타 씨의 아버님께 팔고 자신은 목숨을 버렸군요……, 오늘처럼 언젠가는 밝혀질 일인데도."

다쓰야는 백골이 되어버린 아리사를 멍하니 바라보았다.

지켜주고 싶었던 존재는 이미 다쓰야 자신이 태어나기 한참 전에 목숨을 잃었다. 다쓰야의 발아래에 누워 있었던 것이다. 이 이상 자신이 할 수 있는 일은…… 아무리 생각하고, 생각해 보아도.

"역시 초코도…… 죽었던 거구나."

뒤에서 들려온 익숙한 목소리에 네 사람이 돌아보았다.

위에서 내려오는 빛에 비추어 소녀의 유령이 떠올랐다. 그녀 곁에는 검은 고양이가 있었다.

"아리사!"

다쓰야가 소리쳤다. 그 이상 아무 말도 나오지 않았다.

아리사의 얼굴에 항상 보여주던 미소는 없었다. 하지만 슬퍼하는 얼굴도 아니었다. 이제야 보게 된 자신의 시체에 어떻게 반응해야 할지 당황한 것 같았다.

"나…… 이제 어떻게 될까……? 모두와 함께 계속 이 빌딩에 있고 싶었는데 여기서 나가야만 하는 걸까?"

"그건."

나가지 않아도 괜찮아—— 다쓰야는 그렇게 말하고 싶었다. 하지만 이 아이를 위한 최선의 선택은 여기에서 나가는 것임이 분명하다.

"아리사라는 이름……."

요쓰야 변호사가 뭔가 찾았는지 전화기를 보고 있었다.

"고토 쓰토무는 소녀들에게 인형과 같은 이름을 붙였어요. 주리아, 안나, 레나…… 그리고 네 번째 인형의 이름이 아리사…… 앗."

무언가 발견했는지 요쓰야 변호사가 앞으로 나서 무언가를 들어올렸다.

"이거 고토가 가지고 있던 인형이네요. 과연, 컬렉션 중 하나가 없어졌다더니."

"그럼 선생님 그가 남겨놓은 것이란…."

"이 인형입니다. 보물이라고 불렀다고 하니 다른 사람의 손에 처리되는 것이 두려워 그녀의 유해, 영혼과 함께 이 빌딩에 가둬놓았던 거라 생각됩니다. 하지만 그런 이유로 아리사를 몇십 년이나 가두다니…… 이렇게 심한 짓을."

"이봐, 고토."

아마도 듣고 있을 것이다. 다쓰야는 보이지 않는 존재에게 말을 걸었다.

"네가 바란다면 이 인형은 네 곁으로—— 말은 이렇게 해도 어떻게 돌려주어야 할지 모르겠지만, 어쨌든 바라는 대로 해주 겠어. 약속하지. 그러니까 이제 이 아이를 자유롭게 놓아줘……. 앗."

그 찰나.

어두운 지하의 한쪽 벽이 화악 황금색으로 빛났다.

"엇, 뭐야 방금 그거. 어떻게 된 거야?" 유지 씨가 소리쳤다.

"내 말이 전해졌나 봐요. '태워'라는 목소리가 들렸어요."

"그럼 이제 이걸로 유령 소녀는……."

"네, 이제 결계는 풀렸을 거예요."

이걸로 아리사는 자유로워졌다. 즉, 이제 헤어져야 한다는 뜻이다.

아, 니노미야 씨의 목소리가 들렸다.

니노미야 씨가 유해를 내려두고 다쓰야의 옆을 지나 아리사 에게로 가더니 무릎을 꿇고 앉아 그녀를 껴안았다.

"미안…… 자주 같이 놀았었는데, 나 너에 대해서 잊고 있었 어. 하지만 네가 입은 옷에 이름이 적힌 걸 보고 겨우 기억이 살 아났어. 넌 아리사가 아니야, ……네 진짜 이름은……"

니노미야 씨가 아리사의 얼굴을 똑바로 바라보았다.

"다나카 교코——라고 해. 내 소중한 친구였고."

아리사는 가만히 서서 니노미야 씨의 품에 그대로 안겨 있었다.

"맞아……, 기억났어. 내 이름은 다나카 교코. 하루나랑 매일 고래산에서 놀았지. 초코도 함께."

"응, 같이 놀았어……. 나는 이제 아줌마가 되어버렸지만."

니노미야 씨의 눈에서 뚝뚝 눈물이 흘렀다.

아리사, 그러니까 다나카 교코는 니노미야 씨를 보며 미소 지었다.

"하루나와 놀 때, 엄마는 며칠씩 집을 비웠어. 그러던 중에 모르는 오빠가 '맛있는 거 사줄게, 인형도 보여줄게'라면서 여기로 데려왔어……."

아리사의 기억이 돌아오기 시작했다.

"이 방에서 인형을 보고 있는데 오빠가 갑자기 달려들었어. 하지만 초코가 나를 지켜주려고 덤벼들어 얼굴을 할퀴었어."

그녀와 함께 백골이 되어버린 고양이는 그녀를 항상 곁에서 지켜주었던 것이다.

"그러자 나와 초코를 가둔 채 자물쇠를 잠그고 가버렸어……."

"아아아…… 너무해, 어쩜 그런 짓을."

유지 씨의 말투는 여성스러웠지만 목소리는 분노에 찬 남성의 목소리로 바뀌어 있었다.

"아마도 고토 쓰토무는 그 직후 붙잡힌 거겠죠. 그녀는 여기에 갇힌 채 목숨을 잃고…… 그의 아버지가 여죄를 눈치 채고 지하 공간이 없는 것처럼 감춘 겁니다."

안타까움이 담긴 탄식이 지하공간을 채웠다.

하지만 당시자인 유령 소녀만이 평소같이 명랑한 태도를 되찾고 있었다.

"여러분, 제 유해를 찾아주셔서 고마워요. 이제 밖에 나갈 수 있게 되었어요."

"아리사……, 아, 아니 교코."

"후후, 아리사라고 부르셔도 되요. 고서점 오빠 —— 항상 만화를 보여줘서 고마워. 그리고 하루나, 맛있는 팬케이크를 잔뜩 먹여줘서 고마워. 유지 씨도 매일 다른 헤어스타일로 예쁘게 해줘서 고마워요. 변호사 오빠도 어두운 곳에서 날 지켜줘서 고마워. 여러분, 저와 초코를 아껴주셔서 정말로 감사합니다. 다들 정말 사랑해요."

복잡한 감정이 뒤섞인 표정으로 아리사가 한 명, 한 명에게 감사 인사를 했다.

원래는 이런 아이였구나. 다쓰야는 그녀를 지그시 보고 있었다. 다쓰야의 턱에 물방울이 맺혔다 떨어진다. ——떨어진 물방울을 보고서야 자신이 울고 있다는 것을 깨달았다.

"나, 이제 가야겠어요."

"아리사……."

아리사를 붙잡고 싶었던 다쓰야가 이름을 부르자 니노미야 씨가 고개를 저었다. '이걸로 됐어, 이걸로 된 거야' 하고 호소하는 것 같았다.

아리사는 니노미야 씨의 품에서 벗어났다.

"저기, 여러분에게는 보이지 않겠지만 지금 내 주변엔 사람들이 잔뜩 있어요. 고서점 오빠의 아버지와 할아버지, 2층의 아스카, 3층의 여장 할아버지, 4층의 언니── 모두가 웃고 있어요. 다 같이 가자면서요."

결계가 풀려서 밖에 있는 사람들이 아리사를 맞으러 왔다는 말이었다.

"나 여러분과 있었던 일 잊지 않을 거예요. 여러분도 절 잊지 말아주세요."

다쓰야도 니노미야 씨도 유지 씨도, 요쓰야 변호사도── 세입자 전원이 눈물을 흘리면서 웃는다. 그래, 그래 모두가 고개를 끄덕였다. 이제 정말로 이별이었다.

아리사가 꾸벅 고개를 숙였다. 트윈 테일이 크게 흔들렸다.

"그럼, 저와 초코는 가볼게요. 여러분 고마웠습니다."

마지막에 활짝 웃는 얼굴을 보이고 유령 소녀, 아리사는 스르륵 모습을 감췄다.

에필로그

아니아니아니, 여러분 일전에는 너무 허둥거려서 죄송합니다.

이래저래 제가 육십오 년을 살아왔지만, 백골 시체를 본 건 처음이라 너무 당황하고 말았습니다. 정신을 차려보니 저희 집 침대에 처박혀서 덜덜 떨고 있더라고요……. 이거, 정말 나이도 먹을 만큼 먹었는데, 부끄러울 따름입니다.

오늘은 그에 대한 사과라기엔 그렇습니다만, 니노미야 씨의 카페를 빌려서 이렇게 팬케이크와 홍차를 대접하고 있습니다.

──그건 그렇고 정말 놀랐네요…….

제가 가지고 있던 빌딩에 숨겨진 지하 공간이 있고 거기에 오랫동안 소녀의 유해가 방치되어 있었다니. 그것 참 유령이 되어 나타날 만합니다.

하지만 여러분께서 잘 조사해주신 덕분에 큰 문제 없이——
네에? 유령을 풀어주는 게 목적이었다고요?

——네에 뭐 그렇긴 합니다만 그래도 여러분께서 그 소녀 유
령과 친분을 쌓으셨다는 부분에서 집주인으로서는 놀라움을
넘어 감동을 받았습니다.

즐거우셨다고요. 아아, 그러셨군요.

취학 전의 어린 소녀를 유괴했던 연속 살인사건—— 확실히
1979년쯤 도쿄 서부에서 일어났던 사건이지요. 하지만 설마 이
빌딩에서도 그런 일이 있었다니 생각지도 못했습니다. 왜냐하
면 보세요, 피해자였던 세 명의 소녀에 대한 범행은 고가네이시
에서 일어나지 않았으니까요.

그래서 저는 아버지께서 구입하신 이 빌딩의 전 주인이 범인
의 부친일 거라고 듣고서 깜짝 놀랐으니까요…….

정말 놀라운 일뿐입니다, 그런 의미에서 저도 피해자라고 말
할 수 있겠네요……. 진정한 피해자는 이 빌딩에 계속 갇혀 있
던 유령 소녀이겠지만요.

그런데 그 아이의 부모는 찾았습니까.

아직…… 그렇군요.

어머니가 젊었지요. 사십 년 전의 일이지만 아직 살아계실
가능성이 높다고 생각합니다. 뭐어, 돌아가셨다면 유령이 되어

나타났을지도 모른다고요.

과연. 하지만 딸이 행방불명되었는데 별다른 반응을 하지 않았으니까요. 발견한 시점에서 이미…… 뭐, 그 사람이 부모로서 양심의 가책 같은 것을 조금이라도 느끼길 바라게 되네요…….

그래서 유골은 어떻게 되었나요?

——니노미야 씨가 받으셔서 따님의 무덤에 같이 넣어주셨 군요.

그거 참 잘하셨네요. 소꿉친구였고 지금에 와서는 딸처럼 대하셨으니 가족이나 마찬가지라고 생각하시는 거군요. 정말 잘되었습니다.

야아, 저는 이번에 여러분이 보여주신 배려에 정말 감사하고 있습니다.

사실 이제와 드리는 말씀이지만 집 침대에서 떨고 있었던 건 백골 시체가 무서웠던 것도 있지만, 앞으로 이 빌딩이 어떻게 운영될지 두려워서 참을 수 없었기 때문입니다.

왜냐하면 소유한 빌딩 지하에서 살해당한 소녀의 백골 시체가 나왔다고 밝혀지면 우선 당연하게 경찰이 올 것이고, 그다음에 매스컴이 우르르 취재를 하겠다며 몰려와서 연일 심야 뉴스나 와이드쇼, 월간지 등에서 떠들어대면서 저희 빌딩은 세간의 가십거리가 될 테니까요.

여러분께도 폐를 끼치게 될 것이고, 잘못 하다간 이제 여기에서 가게를 열지 못하게 될지도 모른다──. 그렇게 생각하자 아아 정말 모든 것이 끝나버렸다는 느낌이었어요.

하지만 빌딩에 계신 분들께서 이 일은 비밀로 하자고 먼저 이야기해주셔서 걱정이 사라졌습니다. 인형도 불에 태워버리셨다고요……. 정말 고생하셨습니다.

생각해보면 호적에 존재하지 않는 소녀의 유체와 유령 이야기니까 여러분의 마음속에 묻어주신다면 세간에서 요란을 떨일은 없겠지요. 저는 여러분에게 정말로, 정말로 감사드립니다.

앞으로도 스카이 카사 무사시코가네이가 역 앞 도보 3분 거리의 입지 좋은 건물로서 세입자 여러분의 영업에 힘을 보탤 수있다면 집주인으로서는 그저 감사할 뿐입니다…….

그리고…….

그런데 말입니다. 오늘 이렇게 여러분께 모여주십사 한 것은 일전의 사과와 감사의 의미도 있지만 실은 한 가지 더 부탁이 있습니다.

여기에 들어오실 때 집세를 반값 할인해드렸던 이유가 '유령' 때문이었는데요……. 그 유령이 성불해버렸으니까…… 네에, 그 성불에 대해서는 잘 아시리라고 생각합니다. 따라서 유령이 붙었다는 조건이 사라졌다는 것이죠.

따라서 너무 일방적이긴 합니다만 세일이라는 건 기간이 정해진 경우가 많지 않습니까. 슬슬 집세를 올려야 할 것 같아서요……. 저, 여러분?

왜 다들 웃고 계시는 건가요?

그리고 아까부터 이상하다 생각했는데…….

제 옆에서 웃고 있는 이 양갈래 머리 소녀는 누구인가요?

빈 점포 있습니다

2023년 6월 15일 1판 1쇄 발행

저 　　　 자 사사키 가쓰오
옮 긴 이 김지연
발 행 인 유재옥

본 부 장 조병권
편 집 1 팀 김준규 김혜연
편 집 2 팀 정영길 조찬희 박치우 정지원
편 집 3 팀 오준영 이해빈
편 집 4 팀 전태영 박소연
디 자 인 김보라 박민솔
라 이 츠 김정미 맹미영 이윤서
디 지 털 박상섭 김지연
발 행 처 (주)소미미디어
발 행 등 록 제2015-000008호
주 　　　 소 서울시 마포구 토정로 222, 403호(신수동, 한국출판콘텐츠센터)
판 　　　 매 (주)소미미디어
제 작 처 코리아피앤피
영 　　　 업 박종욱
마 케 팅 한민지 최원석 박수진 최정연
물 　　　 류 허석용 백철기
전 　　　 화 편집부 (070)4260-1393, (070)4405-6528 기획실 (02)567-3388
　　　　　　 판매 및 마케팅 (070)4165-6888, Fax (02)322-7665

ISBN 979-11-384-7897-7 (03830)